# DIE BARKER BOYS

## Die Rache des Donnergottes

# DIE BARKER BOYS

## Die Rache des Donnergottes

Mit Illustrationen von Constanze Spengler

Aus dem Englischen von Frank Böhmert

ALADIN

Superstition Mountain
Weaver's Needle
geheimer Canyon
Canyon
Die Geisterstadt
Gold Creek
Emmetts Haus
Das Haus
der Barkers
Pritas Haus
Friedhof
Delilahs
Haus
Bücherei
PHOENIX
Coronado Road
Mr Barkers
Maurergeschäft
Die Stadt
Superstition

Für meine Freundin Carol Sheriff und ihre Kinder
Anna und Benjamin Daileader Sheriff,
die sich alle drei bestens aufs Lesen verstehen

## KAPITEL 1
# Ein Geheimtreffen

»Was war das?«

Die Stimme der Bibliothekarin drang schneidend durch die kühle Abendluft und Simon gab Henry mit einem kurzen Seitenblick zu verstehen, jetzt bloß leise zu sein.

Sie kauerten zusammen mit Delilah und Jack im Gebüsch unter einem offenen Fenster und pressten sich an die raue Betonwand der Bücherei. Zweige und Blätter schrammten an ihren Gesichtern und ständig drückte irgendwo ein Knie oder ein Ellbogen. Wie immer, wenn Henry unbedingt total leise sein wollte, störte ihn alles Mögliche. Plötzlich musste er aufs Klo, seine Beine juckten und er hatte das Gefühl, jeden Moment niesen zu müssen. Je mehr er daran dachte, wie schrecklich es wäre, jetzt zu niesen, desto mehr kitzelte es in seiner Nase.

Es war Simons Idee gewesen, die August-Sitzung der Historischen Gesellschaft von Superstition zu belauschen, um aus erster Hand zu erfahren, was die Schatzjäger vorhatten. Drinnen war die Sitzung eben zu Ende gegangen und die Bibliothekarin Julia Thomas, Präsidentin der Historischen Gesellschaft, hatte die Vorstandsmitglieder gebeten, noch zu bleiben. Soweit Henry sagen konnte, waren seit dem Stühlescharren und dem Gemurmel sich entfernender Stimmen nur noch drei Leute im Raum: die gruselige Bibliothekarin, Officer Myers – der große, grimmige Polizist, der die Jungen als Erster ermahnt hatte, sich vom Berg fernzuhalten – und ein Mann, bei dem es sich um Richard Delgado handeln musste, den Friedhofswächter, der außerdem Schriftführer der Historischen Gesellschaft war und dessen psychisch kranke Tochter Sara den lebenden Beweis für die unheimliche Macht des Berges darstellte. Ein Jahr zuvor war sie in verwirrtem Zustand aus seinen wilden Schluchten zurückgekehrt, wirres Zeug stammelnd und voller Angst. Henry kam es so vor, als wäre ihre geistige Gesundheit irgendwo in den Höhlen und Canyons des Berges zurückgeblieben …

bei den Knochen derjenigen, die dort auf der Suche nach der geheimen Goldmine des Holländers gestorben und deren Leichen nie gefunden worden waren.

Die Goldmine! Selbst hier im Schutz des Gebüschs und eingezwängt zwischen seinen schwitzenden Freunden sah Henry das Gold noch vor sich. Er erinnerte sich noch gut an das atemberaubende Glitzern in der dunklen Mine, an das Funkeln der schimmernden Goldadern im Schein der Taschenlampen. Dieses Geheimnis hatten die vier den ganzen Sommer lang niemandem verraten: dass sie die geheime Holländermine gefunden hatten! Den Schatz, nach dem seit über einem Jahrhundert unzählige Abenteurer gesucht hatten.

Seit der Felssturz den Mineneingang unter sich begraben hatte, war natürlich völlig unklar, ob je wieder eine Menschenseele das Gold zu Gesicht bekäme. Die Barker Boys waren ganz knapp entkommen, und auch nur, weil Delilah sie gewarnt hatte. Aber kurz bevor die Kaskade von Felsbrocken die Steilwand hinuntergedonnert war, hatte Jack eine Handvoll glitzernder goldener Flocken eingesammelt … und die stellten den einzigen Beweis für die Entdeckung dar, die sie gemacht hatten.

Den vergangenen Monat lang hatte er sie sicher in einer kleinen Bonbondose unter seiner Kommode aufbewahrt und manchmal, wenn die Jungs in seinem Zimmer ein Brettspiel spielten, holte er die Dose hervor und hielt sie seinen Brüdern angeberisch vors Gesicht, um sie daran zu erinnern, dass er der Einzige war, der richtiges, echtes Gold aus der geheimen Holländermine besaß. Dann zeigte Simon immer den Nugget aus den alten spanischen Satteltaschen, die Henry und Delilah im Canyon gefunden hatten, und es entspann sich eine hitzige Debatte darüber, was wertvoller war, der einzelne Nugget oder die Sammlung goldener Flocken.

Es war gut, dass sie diese Goldstücke hatten, fand Henry. Die ganzen heißen Sommerferien lang – während Delilahs gebrochenes Bein heilte und die Jungen ihre Tage mit Spielen oder Radfahren verbrachten oder Josie im Auge behielten, die selbst für eine Katze sehr eigensinnig war – hätten sie sonst vielleicht glatt vergessen, dass es das Gold wirklich gab. Die Goldmine war ein Geheimnis; niemand durfte davon erfahren. Im Gegensatz zu ihrem Alltag in dem Städtchen Superstition war sie für die Barber-Boys eine völlig andere Welt, sie stand sogar im krassen Gegensatz zu ihrem Leben in dem Haus, das die Barkers vor ein paar Monaten von Mr Barkers draufgängerischem Onkel Henry »Hank« Cormody geerbt hatten, einem Cowboy und Pokerspieler, der mit über achtzig Jahren nach einem langen, ereignisreichen Leben gestorben war. Onkel Hank hatte einmal als Kundschafter für die Kavallerie gearbeitet und nach ihm war Henry benannt worden – was ihm manchmal wie ein gehässiger Witz vorkam, der dazu gedacht war, ihm schmerzlich vor Augen zu führen, dass er selber ganz und gar nicht mutig, beeindruckend oder draufgängerisch war.

Mr Barker jedoch hatte seinen Onkel vergöttert und erzählte gern Geschichten über ihn, und ihre ganze Kindheit hindurch hatte ihr Großonkel einen besonderen Platz im Herzen der Jungen eingenommen, obwohl sie ihm nur ein paarmal begegnet waren und ihn kaum kannten. Er schickte ihnen verrückte Geburtstagskarten und unpassende Geschenke (zum Beispiel hatte Henry einmal eine silberglänzende Spielzeugpistole mit Knallplättchen bekommen, die Mrs Barker sofort einkassiert hatte), und selten einmal platzte er an Thanksgiving oder für ein Urlaubswochenende bei ihnen herein, randvoll mit Witzen und Geschichten über sein Leben im Westen. Manchmal hatte Henry das Gefühl, dass er Onkel Hank weniger kannte, als dass er Dinge über ihn wusste. Trotzdem hatte er einen sehr lebhaften Eindruck von wallenden weißen Haaren behalten, von einer dröhnenden Stimme und Händen, die mit interessanten Schwielen und Narben gemustert waren.

Die Barkers waren im Juni nach Superstition in Onkel Hanks braunes, schindelgedecktes Haus gezogen, gleich nach Jacks Kindergartenzeit, Henrys vierter Klasse und Simons fünfter. Kurz darauf hatten sie Delilah kennengelernt, die genauso alt wie Henry war. Henry konnte kaum glauben, was sie seitdem alles erlebt hatten, einfach nur in den Sommerferien, im Schatten des großen, unheimlichen Berges, dessen eigentliches Rätsel sie erst noch herausfinden mussten.

Und genau aus diesem Grunde kauerten sie jetzt alle reglos unter dem Blätterdach der Büsche vor dem Büchereifenster und lauschten, so leise sie konnten. Henry kam sich vor wie die Hauptfigur eines seiner Lieblingsbücher, *Harriet: Spionage aller Art*. Am liebsten hätte er

ein Notizbuch dabeigehabt und das Gespräch dort drinnen mitgeschrieben.

»Was denn? Ich hab nichts gehört«, sagte ein Mann und Henry erkannte die Stimme von Officer Myers.

»Da draußen war irgendwas«, antwortete Julia Thomas. Absätze klackerten und näherten sich dem Fenster, gefolgt von den schwereren Schritten eines Mannes. Henry hielt unter dem verzweigten Blätterdach den Atem an und sah, wie Jack die Augen aufriss.

»Sehen Sie da draußen etwas?«, fragte die Bibliothekarin.

»Nein. Sie werden allmählich paranoid, Julia.« Die Stimmen waren jetzt unmittelbar über ihren Köpfen. Einen Moment später entfernten sich die Schritte wieder vom Fenster.

»Ich bin nicht paranoid, sondern vorsichtig. Was sich über Sie und Richard leider nicht sagen lässt. Dieser Felssturz war ein Fehler! Damit haben Sie vielleicht unsere einzige Chance verspielt, an das Gold heranzukommen.«

Henry schnappte nach Luft. »*Die* haben den Steinschlag ausgelöst«, flüsterte er.

»Hab ich mir schon gedacht«, antwortete Simon leise. »Die haben uns die ganze Zeit beobachtet. Das bedeutet, sie wissen, wo die Goldmine ist.«

Delilah erstarrte. »Wir hätten dabei sterben können.«

»Ja, STERBEN«, wiederholte Jack. Er ballte die Fäuste.

Oben hinter dem Fenster stritten sich die drei Erwachsenen jetzt.

»Ich sagte Ihnen doch, ich bin mit dem Fuß abgerutscht«, sagte Richard Delgado gereizt. »Ich konnte doch nicht ahnen, dass gleich der halbe Berg herunterkommt!«

»Sie hätten eben aufpassen müssen, wo Sie hintreten«, fauchte Mrs Thomas. »Jetzt liegt die Goldmine unter einem riesigen Felshaufen begraben.«

»Nicht so voreilig«, unterbrach Officer Myers sie. »Wer sagt, dass das die Goldmine war? Wir haben keine Ahnung, was die Kinder da drin gefunden haben. Kann ebenso gut irgendeine Höhle gewesen sein.«

Mrs Thomas antwortete knapp: »Nein. Das ist die Holländermine. Da bin ich mir sicher. Und jetzt, wo wir wissen, dass diese Kinder hinter dem Gold her sind, müssen wir schnell handeln.«

Henry krümmte sich unter den Büschen und rieb sich mit dem Handrücken die Nase.

»Was ist los?«, flüsterte Delilah und sah ihn an.

»Ich glaub, ich muss gleich niesen.«

Simon schüttelte den Kopf. »Verkneif's dir lieber. Pst, das ist wichtig.«

Drinnen ging die Diskussion weiter. »Und was genau wollen Sie machen?«, fragte Mr Delgado. »Wie Sie schon sagten, wenn das die Goldmine ist, liegt sie unter einem Felsenhaufen begraben.«

»Wir können entweder versuchen die Felsen aus dem Weg zu räumen oder einen anderen Zugang zu finden«, antwortete die Bibliothekarin.

»Sie bräuchten Dynamit, um diese Felsen da wegzubekommen«, sagte Officer Myers. »Und es dürfte ziemlich schwierig werden, da oben im Canyon eine Sprengung durchzuführen, ohne dass es jemand merkt.«

Mr Delgado brummte zustimmend. »Wie sieht's mit Ihrer anderen Idee aus? Mit dem Gold aus der Mine, das vielleicht immer noch irgendwo in der Stadt ist –

die Nuggets, die Jacob Waltz in einer Kerzenkiste unter seinem Bett aufbewahrt hat. Sie meinten, er hat die Kiste vielleicht seiner Nachbarin gegeben, als er gestorben ist – wieso versuchen wir nicht, die aufzuspüren?« Er machte eine Pause. »Das dürfte deutlich einfacher sein, als noch mal den Berg raufzuklettern. Und sicherer. Da oben ist es …« Er führte den Satz nicht zu Ende.

Henry sah zu Delilah. Eine Kiste voll Gold? Sie hatten die Geschichte von Jacob Waltz und der Goldmine von dem Geologen Emmett Trask erfahren, mit dem sie befreundet waren. Ende der 1880er-Jahre war der alte Goldsucher von seiner Nachbarin, der ursprünglichen Julia Thomas, auf dem Sterbebett gepflegt worden und hatte ihr wahrscheinlich den Weg zur Mine verraten und vielleicht sogar eine Karte gegeben … Aber von einer Kiste mit Gold unter dem Bett hörte Henry zum ersten Mal. Die Wegbeschreibung hatten die Kinder auf einem Papierfetzen in Onkel Hanks Schreibtisch gefunden, im Geheimfach seiner orangefarbenen Münzdose … und es war nicht Onkel Hanks Handschrift gewesen.

Mrs Thomas klang ungeduldig. »Der Totenschatz? Wie ich Ihnen schon sagte, wir haben keine Ahnung, wo wir überhaupt mit der Suche anfangen sollen. Manche sind überzeugt, dass er ihn Julia nicht einmal geschenkt hat. Sondern dass jemand das Gold gestohlen hat, während sie einen Arzt holen ging, und als sie zurückkam, war er tot.«

»Die Leute suchen schon ewig nach dem Totenschatz«, fügte Officer Myers hinzu. »Aber was ist mit der Geisterstadt? Wir wissen, dass sie dort auf dem Hin- und Rückweg übernachtet hat.«

Die Geisterstadt! Henry erinnerte sich noch gut an die trostlose Stille von Gold Creek mit seinen verfallenen Gebäuden … und an den kaputten Fußboden im Black Cat Saloon, wo Simon in den Keller gestürzt war und irgendein Tier oder vielleicht auch ein Mensch ihn belauert hatte.

»Ja, die Geisterstadt«, wiederholte Mr Delgado. »Genau da sollten wir mit unserer Suche anfangen. Im alten Hotel, wo sie mit diesen Brüdern aus Deutschland abgestiegen ist. Vielleicht haben sie ja irgendwas zurückgelassen?«

Simon stieß Henry an. »Siehst du?«, flüsterte er. »Wir müssen noch mal zurück, und zwar vor denen.«

Henry wollte ihm schon zustimmen, aber plötzlich platzte das Niesen, das er so lange unterdrückt hatte, aus ihm heraus. Er kniff den Mund zu, aber ein Laut – teils Niesen, teils Spucken, teils Atmen – drang durch.

Die anderen drei starrten ihn entsetzt an.

Drinnen im Zimmer scharrte ein Stuhl und Absätze klackerten aufs Fenster zu.

»Da!«, rief Julia Thomas. »Haben Sie es jetzt gehört? Da draußen ist jemand.«

# KAPITEL 2
# Alarm

Eine Welle der Panik erschütterte das Gebüsch. Henry hatte keine Ahnung, was sie machen sollten. Wenn Mrs Thomas nur genau genug hinsah, würde sie die Kinder zwischen den Blättern erkennen. Zum Weglaufen blieb keine Zeit. Den entsetzten Gesichtern der anderen entnahm er, dass sie zu demselben Schluss gekommen waren. Die klackenden Absätze der Bibliothekarin waren jetzt fast beim Fenster angekommen. Henry kauerte so dicht am Boden, wie er konnte, und wartete voller Angst auf den Moment, der unausweichlich bevorstand.

Doch gerade als sich Finger mit rot lackierten Nägeln um das Fensterbrett krümmten, raschelte es in den Zweigen. Ein Schatten huschte über die Büsche hinweg. Er landete mit einem federleichten Plumps im offenen Fenster und die Bibliothekarin riss ihre Hände zurück.

Josie!

Wo kam die denn her? Sie stand auf dem Fensterbrett, machte einen Buckel und fauchte Julia Thomas an.

»Was in aller Welt!« Die Bibliothekarin wich zurück.

»Ist doch nur eine Katze«, sagte Officer Myers. »Kein Grund zur Panik.« Er ging durchs Zimmer, knallte das Fenster zu und Josie sprang hinunter ins Gebüsch und huschte davon.

Henry ließ erleichtert die Schultern sinken.

»Mensch, Hen!«, zischte Simon ihn an. »Das hätte aber so richtig schiefgehen können.«

»Na, er hat doch gesagt, dass er gleich niesen muss«, flüsterte Delilah.

»Die Gruseltante hätte uns beinahe gesehen!«, warf Jack ein.

Henry verzog das Gesicht. »Tut mir leid«, nuschelte er. »Ich hab ja versucht es zu unterdrücken.«

Delilah sah ihn an und wechselte das Thema. »Was war denn mit Josie los?«

»Sie muss uns gefolgt sein«, sagte Simon.

»Weiß ich, aber ich meine, wieso war sie so aufgebracht? So faucht sie doch sonst nie.«

Jack nickte. »Sie kann diese Gruseltante genauso wenig leiden wie wir!«

»Aber sie ist ihr doch bis jetzt noch nie begegnet«, sagte Henry nachdenklich. Er hätte gern geglaubt, dass Josie eine gute Menschenkenntnis hatte, aber die Barker Boys wussten aus langjähriger Erfahrung, dass das nicht stimmte. Josie mochte Menschen, die ruhig, bedächtig und gepflegt waren und ihr vor allem keinerlei Aufmerksamkeit schenkten. Am meisten fühlte sie sich zu Leuten hingezogen, die nicht einmal tierlieb waren. Als sie noch in Chicago gewohnt hatten, hatte Josie gern auf dem Schoß von Mrs Crichter gesessen, ihrer leicht reizbaren Nachbarin, die oft bei ihnen geklopft und sich beschwert hatte, dass die Jungs im Hinterhof zu laut wären oder dass schon wieder ein Ball in ihrem Garten gelandet wäre. Wenn Josie ihr auf den Schoß sprang, hatte Mrs Crichter immer angewidert das Gesicht verzogen, über die vielen Haare gejammert und verlangt, dass jemand die Katze herunternahm. Josie dagegen hatte ihre Nachbarin förmlich geliebt. Henry überlegte, dass es ganz schön schwer sein musste, jemanden zu mögen, der einen nicht leiden konnte. Ihm fiel der Junge in der Schule wieder ein, mit dem er sich letztes Jahr vergeblich anzufreunden versucht hatte, weil er viel cooler und beliebter gewesen war, und wie sehr ihn das am Ende bedrückt hatte. Josie dagegen machte das überhaupt nichts aus.

»Sie hat sich genauso verhalten wie bei einem Hund, der mit ihr spielen will«, sagte Simon. Das stimmte. In Chicago hatte es ein paar Häuser weiter einen doofen Boxer gegeben, der Josie manchmal nervte, und dann hatte sie mit derselben dramatischen Pose darauf reagiert, eine Mischung aus Angst und Angriffslust.

Simon legte den Kopf schief und wandte sich zu dem hell erleuchteten Fenster um. Die Stimmen waren durch die Scheibe hindurch nicht mehr zu verstehen.

»Wir können ebenso gut nach Hause gehen«, sagte er. »Wir haben Mom und Dad gesagt, dass wir um neun zurück sind, und hören können wir jetzt sowieso nichts mehr.«

»Was meinten die mit der Geisterstadt?«, fragte Delilah.

»Die wollen da nach dem Gold suchen, das Jacob Waltz vor seinem Tod Julia Thomas geschenkt hat«, erklärte Simon. »Oder nach etwas, das sie zu dem Gold hinführt. Was bedeutet, dass wir vor ihnen da sein müssen.«

»Aber was ist mit …« Henry wurde ganz anders, wenn er an die zerbrochenen Bodenbretter im Black Cat Saloon dachte, durch die Simon in den dunklen Keller gestürzt war.

»Wir werden schon aufpassen, Hen«, sagte Simon. »Wir wissen ja jetzt, worauf wir achten müssen.«

Insgeheim dachte Henry, dass sie doch eigentlich nie wussten, worauf sie achten mussten; war das nicht sogar das eigentliche Problem? Eine Bibliothekarin, die aussah wie eine Frau, die vor hundert Jahren gelebt hatte; Schüsse in einem verborgenen Canyon; ein Grabstein mit dem Namen ihrer eigenen Familie darauf; eine Geisterstadt mit einem Keller, in dem etwas oder jemand gewartet hatte und im Dunkeln raschelnd auf Simon zugekrochen war.

»Gehen wir«, befahl Simon, »und zwar leise! Sie sollen ja nicht wieder rumschnüffeln.«

Vorsichtig bog er ein Gewirr von Zweigen beiseite, befreite sich aus dem Gebüsch und wischte sich Blätter und Krümel von den Beinen. Nach ihm rollte sich Jack ins Freie, nicht annähernd so leise, dann folgten Henry und Delilah.

Sie rannten um die Ecke zur abgedunkelten Seite des Büchereigebäudes, wo sie bei einer Grünfläche ihre Räder versteckt hatten. Als Delilah ihn abhängte, war Henry wieder einmal heilfroh, dass sie endlich ihren Gips los war. Sie konnte wieder mit ihnen mithalten.

Delilah dachte anscheinend das Gleiche. »Diesmal kann ich auch mit in die Geisterstadt«, sagte sie lächelnd zu ihm und schwang sich auf ihr metallicrosa Fahrrad. »Ich kann's kaum erwarten, nach allem, was ihr mir davon erzählt habt.«

Henry hatte es da deutlich weniger eilig, erst recht nach Simons Begegnung mit diesem Ding im Keller.

## KAPITEL 3
# Pläne werden ausgeheckt

Sie verabschiedeten sich an der Straßenecke von Delilah und traten kräftig in die Pedale. Ihr Haus – Onkel Hanks Haus – wartete am Ende der Straße und die Verandalampe warf einen blassen, beruhigenden Lichtkreis über den struppigen Vorgarten. Die trockene Landschaft verblüffte Henry immer wieder aufs Neue – ihre Strenge, die langen Arme der Saguaro-Kakteen, das plötzliche Aufblühen unzähliger leuchtender Wüstenblumen nach einem der seltenen Regenfälle. Und das alles an einem Ort, der so kahl und rau wirkte. Manchmal spielten die Jungen Mondlandung hinterm Haus, auf der anderen Seite des schmalen Baumstreifens, der ihr Haus von den hügeligen Vorbergen des Superstition Mountain trennte. Dann stiegen sie mit ein paar alten Marmeladengläsern aus ihrem Bollerwagen-Raumschiff, um die

Umgebung zu erkunden und Proben zu sammeln (wobei Jack meistens Eidechsen fing und so tat, als wären es mordlustige Aliens). Henry musste zugeben, dass es sich hier in Arizona beim Spielen wirklich immer so anfühlte, als wären sie auf dem Mond gelandet, ganz anders als früher auf den grünen Rasenflächen ihres Viertels in Chicago. Aber so fremdartig Superstition auch war, im Laufe des heißen Sommers waren sie hier immer heimischer geworden. Henry dachte jetzt nur noch selten an Illinois zurück. Verblüfft wurde ihm klar, dass Onkel Hanks Haus jetzt sein Zuhause war.

Als sie bei der offenen Garage ankamen, schoss Josie an ihnen vorbei nach hinten in den dunklen Garten und ihre gelben Augen flackerten.

»Da ist Josie!«, rief Jack.

»Sie sieht wieder ganz normal aus«, stellte Simon fest.

»Josie!«, rief Henry. Er streckte die Hand aus und schnippte mit den Fingern. Josie blieb zögernd am Grundstücksrand stehen. Dann huschte sie in die Nacht davon.

Als sie von der Garage aus in die Küche kamen, räumte Mr Barker gerade das Geschirr in die Spülmaschine.

»Hey, Jungs«, sagte er munter. »Wie ist die Nachtluft?«

Die Jungen sahen einander an. Mr Barker stellte oft so komische Fragen, für die es keine richtigen Antworten gab. Simon zuckte mit den Schultern. »Ist nett draußen.«

»Nicht annähernd so heiß wie tagsüber, stimmt's? Da ist es viel besser für euch zum Draußensein.«

Damit hatte er gewiss Recht. Die Backofenhitze des Sommers von Arizona lief darauf hinaus, dass man nie barfuß rausgehen konnte; die Straße verbrannte einem die Fußsohlen. Tagsüber hatten die Jungen ständig Durst und weil Mrs Barker lästigerweise auf Sonnencreme bestand, rochen sie die ganze Zeit nach Tropenfrüchten. Abends Rad zu fahren oder im Garten zu spielen war dagegen die reine Erleichterung. Dann fiel das Thermometer um mindestens zwanzig Grad. Wenn die kühle Nachtluft lockte, schien alles möglich.

Henry hörte Stimmen auf der Terrasse und das verräterisch schallende Lachen einer Frau. »Tante Kathy ist hier?«

»Ja, sie besucht Emmett übers Wochenende und

auf dem Rückweg vom Flughafen haben sie vorbeigeschaut.« Mr Barker spülte einen Kochtopf vor und stellte ihn in die Maschine, dann wischte er sich die Hände an seinen Shorts ab. »Es ist gleich Schlafenszeit, aber geht ruhig kurz raus und sagt Hallo.«

»Sie ist jetzt STÄNDIG hier!«, verkündete Jack, polterte zur Schiebetür und riss sie auf.

Tante Kathy kam fast wöchentlich nach Arizona, seit sie Emmett Trask kennengelernt hatte. Er war ihr neuer Freund, hatte sie den Jungen erzählt, und ein richtiger Schatz.

Sehr verantwortungsbewusst und rücksichtsvoll, aber auch faszinierend unabhängig, was ihr gefiel … und ihre Sorge, dass er durch seine Arbeit als Geologe zu einem verschrobenen Einzelgänger geworden war, hatte sich glücklicherweise als unbegründet erwiesen. Ihre regelmäßigen Besuche waren ein nettes Extra für die Jungen, weil es mit Tante Kathy erstens immer lustig war und Emmett sich zweitens richtig gut mit dem Superstition Mountain auskannte (und da er jetzt öfters bei ihnen zu Besuch war, konnten sie ihn problemlos Sachen fragen), und drittens lenkten die Erwachsenengespräche und Gastgeberpflichten ihre Eltern prima ab, was bedeutete, dass die Jungen mehr Freiheiten genossen als sonst immer, vor allem abends.

Henry und Simon folgten Jack auf die Terrasse, wo ihre Mutter zusammen mit Emmett und Tante Kathy am Gartentisch saß.

»Jungs!«, rief Tante Kathy. »Ich hatte gehofft, dass ihr noch heimkommt, bevor wir losmüssen.« Sie riss Jack an sich, verwuschelte Henrys Locken und drückte dann Simons Arm.

Emmett stand auf und grinste die drei an. »Ich hatte auch gehofft, dass wir uns noch sehen. Ich war letzte Woche zu einer Sitzung in Phoenix und hatte Gelegenheit, einmal über den Friedhof zu gehen, auf dem Jacob Waltz' Nachbarin begraben liegt, Julia Thomas.«

»ECHT WAHR?«, schrie Jack.

»Nicht so laut, Jack«, sagte Mrs Barker. »Sonst hört dich die gesamte Nachbarschaft.«

»Ist sie wirklich dort begraben worden?«, fragte Henry und Simon fragte: »Hast du ihr Grab gefunden?« Sie duzten Emmett inzwischen.

»Dreimal ja.« Er hob die Hände, um das Bombardement von Fragen abzuwehren. »Ich habe mit dem Friedhofswächter gesprochen und er hat mir den Lageplan gezeigt. Dann bin ich zu der entsprechenden Grabstelle gegangen. Es ist da, mit Grabstein. Die Daten stimmen … und wie ich euch gesagt habe, hat sie bis zu ihrem Tod in Phoenix gelebt und ist auch dort gestorben. Erinnert ihr euch noch an die merkwürdige Sekte, der sie dort angehört hat? Die mit den Feuergruben im Garten und anderen seltsamen Riten?«

Henry konnte sich vage erinnern, dass Emmett ihnen etwas Derartiges erzählt hatte. Es hatte sich gruselig angehört, fast wie ein Hexenkult, und irgendwie wirkte die damalige Julia Thomas dadurch noch geheimnisvoller.

»Tja, ihr Haus steht jedenfalls nicht mehr«, fuhr Emmett fort, »aber ich bin auf dem Weg zur Autobahn durch dieses Viertel gefahren. Sie liegt ganz in der Nähe begraben.«

»Was stand auf ihrem Grabstein?«, fragte Henry. Er hatte die schiefen Grabsteine im verwahrlosten, älteren Teil des Friedhofs von Superstition vor Augen – vor allem derjenige, auf dessen rauer Oberfläche in verwitterten Buchstaben *Julia Elena Thomas* zu lesen war. Mit einem Schaudern dachte er an den Stein, der den Namen seiner eigenen Familie trug: *Barker*. Er wusste, dass Delilah ebenfalls ihren eigenen Namen auf einem Grabstein gesehen haben musste, als ihr Vater beerdigt worden war, und bei dem Gedanken fühlte er sich innerlich ganz leer. *Barker* auf einem Grabstein zu lesen, war schrecklich gewesen, weil es keine Erklärung dafür gab; aber für Delilah musste es schrecklich gewesen sein, *Dunworthy* auf einem Grabstein zu lesen, gerade weil es eine Erklärung dafür gab.

»Nur ihr Name, *Julia Thomas Schaffer*«, antwortete Emmett und als Henry verdutzt guckte, fügte er hinzu: »Schon vergessen, dass sie später Albert Schaffer geheiratet hat? Nachdem sie sich von ihrem ersten Ehemann, Emil Thomas, hatte scheiden lassen. Außerdem standen auf dem Stein noch ihre Lebensdaten. Sie ist 1917 gestorben, und zwar genau an ihrem Geburtstag.«

Henry verzog das Gesicht. Es musste schlimm sein, an seinem Geburtstag zu sterben. Dann jedoch fragte er sich, ob einem das vielleicht wie eine Leistung vorkam, weil man es noch geschafft hatte, ein ganzes Jahr älter zu werden.

»Also ich weiß zwar nicht, was ihr Jungs auf dem Friedhof gesehen habt«, sagte Emmett gerade, »aber ihr Grab kann es nicht gewesen sein.«

»Auf dem Friedhof?« Mrs Barker sah Henry streng an. »Was hattet ihr denn auf dem Friedhof zu suchen?«

Henry biss sich auf die Lippen und sah Simon an. Es war gar nicht so einfach, im Kopf zu behalten, was ihre Eltern über ihre Ferienabenteuer wussten und was nicht. Es war anstrengend, Sachen vor ihnen geheim zu halten, und ihn plagten Schuldgefühle. Aber die Ereignisse des Sommers waren wie eine Reihe Dominosteine; die Jungen konnten nichts verraten, ohne eine Kettenreaktion weiterer Enthüllungen auszulösen, und es gab immer noch ganz viel über den Berg und Onkel Hanks Suche nach dem Gold, aus dem sie nicht schlau wurden.

Simon antwortete ihrer Mutter ganz locker. »Ja, wir fahren da manchmal mit dem Rad hin, weil dort nicht so viel Verkehr ist. Außerdem gibt es da einen richtig coolen historischen Teil mit Gräbern aus dem 19. Jahrhundert.«

»Na, wenn das nicht interessant ist!«, rief Tante Kathy. »Dann lässt sich dort ja herausfinden, wer vor Zeiten hier gelebt hat … die Pioniere und Siedler. Liegt euer Onkel Hank hier begraben?«

»Nein«, sagte Mr Barker. »Er wurde feuerbestattet. Wir bewahren seine Asche –«

»Jim«, warnte Mrs Barker. Henry fand nicht zum ersten Mal, dass seine Eltern eine merkwürdige Mischung darstellten. Als medizinische Illustratorin verbrachte Mrs Barker ihre Tage damit, die allergenauesten Bleistiftzeichnungen und Aquarelle von menschlichen Körperteilen anzufertigen, die oft sogar noch von Krankheiten zerfressen oder bei Unfällen übel zugerichtet worden waren. Die Jungen durften sie alles fragen, je drastischer und ekliger, desto besser. Trotzdem hatte ihre Mutter einen klaren Sinn dafür, was je nach Zeitpunkt, Alter und gerade Anwesenden angemessen war. Ihrem Vater dagegen wurde schon von den banalsten Dingen wie einem Splitter speiübel; gleichzeitig jedoch redete er mit unfassbarer Freimütigkeit über Sachen, die ihre Mutter viel zu persönlich fand und nie in geselliger Runde äußern würde. Henry überlegte, dass sie sich vielleicht gegenseitig ausglichen, und vielleicht tat man ja genau das, wenn man sich jemanden zum Heiraten suchte – man versuchte jemanden zu finden, der die eigenen Lücken ausfüllen konnte.

Mrs Barker musterte sie skeptisch. »Geht es denn in Ordnung, wenn ihr dort auf dem Gelände herumspaziert? Ist das kein Privatgrundstück?«

Simon zuckte mit den Schultern. »Wir sind immer nur kurz dort gewesen. Und niemand hat irgendwas gesagt.«

»Wir haben uns mit der Tochter des Mannes unterhalten, der sich um den Friedhof kümmert«, fügte Henry hinzu. »Und sie hat nicht gesagt, dass wir gehen sollen oder so.« Er verschwieg allerdings, dass Sara Delgado überhaupt nicht in der Lage war, irgendwelche verständlichen Ansagen zu machen.

»Ich denke, das geht schon in Ordnung, solange die Jungen nicht die Friedhofsruhe stören«, sagte Emmett. »Aber jedenfalls kann der Stein, den ihr auf dem Friedhof gesehen habt, nichts mit dieser Julia Thomas zu tun haben. Sie liegt in Phoenix begraben.«

»Danke, dass du das für uns überprüft hast«, sagte Henry.

»Ja.« Simon runzelte die Stirn. »Das spart uns ganz schön Zeit.«

»Was meint ihr damit?« Mrs Barker sah zwischen Simon und Henry hin und her. »Zeit wofür?«

Aber Tante Kathy hatte genug vom Thema Friedhöfe. »Ihr Jungen seid sehr höflich, wisst ihr das?« Sie wandte sich zu Emmett um. »Hast du gehört, wie sie dir gedankt haben? Und zwar ohne erst aufgefordert werden zu müssen! Meine Schwester hat sie richtig gut hinbekommen.«

Emmetts Wangen färbten sich rot, aber Henry konnte nicht sagen, ob es ihm ihretwegen oder seinetwegen peinlich war. »Ja, das hat sie.«

Mrs Barker lächelte, während Mr Barker beleidigt tat: »He! Und was ist mit mir? Ich wohne hier nur oder was?«

Tante Kathy lachte. »Natürlich nicht! Ich meinte euch BEIDE. Ihr seid total gute Eltern. Wenn ich mal groß bin, will ich genauso werden wie ihr.« Sie zwinkerte Henry zu.

Mrs Barker stand auf und legte einen Arm um Jacks Schultern. »Also dann, Jungs. Zeit fürs Bett. Geht euch die Zähne putzen und dann komme ich Gute Nacht sagen.«

Die Jungen flohen erleichtert von der Terrasse ins Haus.

Im Badezimmer versammelten sie sich um das Waschbecken und besprachen die Fahrt zur Geisterstadt.

»Aber wonach suchen wir denn?«, fragte Henry. »Die Treppen im Hotel sind komplett verrottet. Wir können nicht in den ersten Stock rauf, wo Julia Thomas übernachtet hat. Und selbst wenn, ihr habt doch selber gesehen, wie es in den anderen Häusern ausschaut – da wurde kaum etwas zurückgelassen.«

Simon machte ein genervtes Gesicht. »Na schön. Erstens, wir müssen nicht wissen, wonach wir suchen, um etwas Interessantes zu finden. Denk mal an die Satteltaschen und die spanischen Münzen und die Wegbeschreibung zur Goldmine! Zweitens, wir hatten doch gar keine Gelegenheit, uns das Hotel mal richtig anzugucken, weil ich gleich am Anfang in den Keller gestürzt bin. Drittens, du hast doch gehört, was Emmett über diese Leute von der Historischen Gesellschaft gesagt hat: Das sind SCHATZJÄGER. Sie sind hinter dem Gold her. Wenn die also denken, dass es sich in der Geisterstadt finden lässt, dann müssen wir dorthin.« Er machte eine Pause. »Und zwar vor ihnen.«

»Ja!«, krähte Jack und spuckte einen Mundvoll Zahnpastaschaum ins Waschbecken.

Henry seufzte. Simon und seine blöden logischen Argumente. Er hatte auf alles eine Antwort.

»Außerdem will Delilah da unbedingt hin und es wäre unfair ihr gegenüber, das jetzt abzublasen«, fügte Simon hinzu. »Wo sie es doch letztes Mal verpasst hat.«

Henry ächzte im Stillen. Was hatte Delilah denn verpasst? Die schreckliche Angst vor dem Ding unten bei Simon im dunklen Keller? Die hektische Anstrengung, ihn an einem morschen Seil raufzuziehen, bevor das Vieh ihn sich holte?

»Wann wollt ihr denn los?«, fragte Henry resigniert.

»Morgen!«, sagte Simon. »Je eher, desto besser.« Und als er Henrys Miene sah, fügte er hinzu: »Keine Sorge, Hen. Diesmal sind wir vorsichtig. Wir nehmen ein Seil und eine Taschenlampe mit.«

*Dann wollen wir mal hoffen, dass wir sie nicht brauchen*, dachte Henry grimmig.

## KAPITEL 4
# Rückkehr nach Gold Creek

Am nächsten Morgen trafen sich die Jungen an der Ecke Waltz Street mit Delilah, um zur Geisterstadt hinauszufahren. Delilahs Aufgabe war es gewesen, aus dem alten Anmeldebuch, das sie von ihrem ersten Ausflug zur Geisterstadt mitgebracht hatten, die Zimmernummern von Julia Thomas und den Petrasch-Brüdern herauszuschreiben, damit sie wussten, wo sie mit ihrer Suche anfangen konnten. Simon hatte wie versprochen ein Seil, eine Taschenlampe, ein paar Müsliriegel und mehrere Wasserflaschen organisiert und in seinem Schulrucksack verstaut. Nun fuhr er voran und hatte sich die Riemen des prallvollen Rucksacks über beide Schultern geschlungen.

Henry wurde klar, dass genau dieser Rucksack in ein paar Wochen, zu Schulbeginn, mit Lehrbüchern und Heftern gefüllt sein würde. Dann würden sie alle auf eine neue Schule gehen, wo sie sich weder in der Mensa noch auf dem Schulhof und auf den Gängen auskannten, und überall wären nur fremde Gesichter. Er kam zu dem Schluss, dass ihm der Rucksack so, wie er jetzt war, besser gefiel, randvoll mit Proviant und Ausrüstung für eine Expedition.

Rasch lagen die Straßen mit den einstöckigen Häusern und Bungalows hinter ihnen und sie fuhren durch die Ausläufer der Stadt.

Delilah bremste ab und radelte neben ihm her. »Machst du dir Sorgen? Wegen dieses Dings im Keller?«

Henry sah mit zusammengekniffenen Augen zu ihr hinüber. Hoffentlich waren seine Brüder außer Hörweite. »Ein bisschen schon, schätze ich.«

»Vielleicht war da unten ja gar nichts. Vielleicht ist bloß irgendwas umgefallen und Simon konnte es im Dunkeln nicht sehen.«

Henry schüttelte den Kopf. »Nein, es hat sich bewegt. Wir haben es gehört. Es hat mehrmals geraschelt.«

»Meinst du, es war eine Schlange?«

»Keine Ahnung. Aber egal was, wenn es da unten lebt, muss es auch irgendwie an Nahrung rankommen.«

»Na, dann müssen wir in diesem alten Hotel einfach besonders vorsichtig sein.«

»Ja«, sagte Henry zweifelnd. Er war bedrückt. Die ganze Zeit über hatte er geglaubt, mutiger zu werden, mehr wie Onkel Hank – auf dem Berg, in der Goldmine –, und nun war er wieder so ängstlich und furchtsam wie früher. Aber vielleicht liefen Veränderungen immer so ab – nicht gleichmäßig und verlässlich, sondern langsam, unvorhersehbar und voller Rückschläge … ein Schritt vor, zwei Schritte zurück. Oder vielleicht hatte er sich auch gar nicht verändert. Vielleicht konnte man sein eigentliches Naturell gar nicht verändern.

»Da! Der Friedhof!«, rief Jack und setzte sich an Simon vorbei an die Spitze.

Henry warf einen Blick durch das schmiedeeiserne Tor auf die Reihen von Grabsteinen, die in der Sonne gleißten. Es war schon merkwürdig, dass so viele Tote an ein und demselben Ort versammelt waren, eine riesige Menge Skelette in Kisten unter der Erde. Er stellte sich diese Leute in ihrem jeweiligen bewegten Leben vor, ihre Familie und Berufe, welche Bücher sie gelesen hatten. Kaum zu glauben, dass die Endstation all dieser *Lebendigkeit* an so einem ruhigen, ordentlichen Ort voller Grabsteine lag. Von der Straße aus war der abgelegene Teil mit den älteren Gräbern nicht zu sehen, auf deren Steinen *Julia Elena Thomas* und *Barker* stand. Aber selbst im strahlenden, stinknormalen Tageslicht reichte es schon, zu wissen, dass sie da drüben waren, um ihm einen Schauer über den Rücken zu jagen.

Sie fuhren an der Black Top Mesa vorbei, wo Emmett wohnte, und dann den Peralta Way hinaus in die Wüste, über der in der Ferne die schattigen Klüfte des Superstition Mountain aufragten. Hier gab es am Straßenrand keine Häuser mehr, nur noch endlose Flächen trockenen Bodens voller Geröll, auf denen hier und da gedrungene Büsche und Kakteen wuchsen – die Kaktusfeige mit ihren paddelförmigen Armen und der Saguaro-Kaktus wie eine Hand mit hochgereckten Fingern. Jack fuhr voran und rief: »Ich sehe sie! Ich sehe die Geisterstadt!«

Weitab von der Straße erhob sich im rauen Gelände eine dunkle Ansammlung von Häusern wie ein Tier, das im Unterholz kauerte und auf sie wartete. Henry konnte die durchhängenden Dächer erkennen und darüber den schroffen Umriss des alten hölzernen Wasserturms.

»Wow!«, rief Delilah. »Wie kommen wir dorthin?«

»Es führt ein Pfad von der Straße weg«, erklärte Simon.

»Wurde irgendetwas in den Gebäuden zurückgelassen?«, fragte sie Henry. »Möbel oder so?«

Henry versuchte sich zu erinnern, was sie in den düsteren, verfallenen Holzbauten gesehen hatten. »Nicht viel. Draußen lag ein bisschen Schrott und im Hotel waren noch dieses Anmeldebuch und die Zimmerschlüssel, also ist es vielleicht nicht leer geräumt worden wie manche anderen Häuser.«

»Hoffentlich«, sagte Delilah. »Wäre cool, da irgendwas zu finden.«

»Hier ist der Pfad!«, krähte Jack und bog von der Straße in den gefurchten Weg nach Gold Creek ein, den früher die Pioniere mit ihren Planwagen benutzt hatten.

»Jack, warte auf uns!«, befahl Simon. »Geh nicht ohne uns rein!«

Sie hielten auf die Ansammlung Häuser zu und holperten über Schlaglöcher. Staub stieg auf.

Als Jack beim Hotel ankam, blieb er schlitternd stehen und sprang vom Rad, das gegen die baufällige Veranda fiel. Henry strampelte durch die vertrockneten Grasbüschel zu ihm und spähte beklommen zu dem ausgeblichenen Schild hinauf, das über dem Eingang hing und auf dem noch schwach eine Katze zu erkennen war.

»Das ist es?«, fragte Delilah aufgeregt und lehnte ihr Fahrrad an Jacks und Simons Räder. »Das Black Cat Hotel und Saloon?«

Henry nickte. Gemeinsam folgten sie Simon und Jack über die Veranda des Hotels. Beim Eingang hielt Simon Jack an der Schulter fest. »Lass mich vorgehen. Und tritt genau da hin, wo ich hintrete, okay?«

»Jaja, okay«, sagte Jack ungeduldig. »Bloß bist du da eingebrochen und nicht ich.«

Simon funkelte ihn an, betrat das Hotel und bewegte sich vorsichtig an der Wand entlang, wo der Boden stabil war.

Henry konnte den zerklüfteten Rand des Loches erkennen, wo Simon eingebrochen war. Unterhalb der kaputten Bretter war es stockfinster.

»Dann gucken wir uns das mal an«, sagte Simon. Er ließ den Rucksack von seinen Schultern gleiten, stellte ihn sachte an die Wand und wühlte nach der Taschenlampe.

# KAPITEL 5
# »Was ist das für ein Ort?«

Henrys Herz schlug schneller. »Simon …«, fing er an, doch Simon kroch bereits vorsichtig über die Holzdielen zum Rand des Lochs und leuchtete in den Keller.

Henry und Delilah traten zögernd auf die heilen Bretter, die vielleicht noch einen Meter von dem Durchbruch entfernt waren, und Jack kroch zu Simon. »Was siehst du? Gibt es da unten eine SCHLANGE?«

»Nein …« Simon schwang die Taschenlampe umher und im Strahl tauchten ein verdreckter Fußboden und ein dunkler Haufen Leinensäcke auf. »Das sind die Säcke, auf denen ich gestanden habe, aber mehr gibt's nicht zu sehen. Ich hab eine Idee. Wir könnten ja einen Müsliriegel da runterwerfen. Vielleicht kommt dieses Ding dann raus und frisst ihn.«

»Tolle Idee!«, rief Jack. Er sauste zum Rucksack, schnappte sich einen Riegel und riss die Verpackung auf.

»Wirf ihn auf die Säcke, wo wir ihn sehen können«, wies Simon ihn an.

»Wartet«, sagte Delilah. »Wir sollten ihn zerkrümeln.« Sie nahm den Riegel, brach ihn in kleine Stücke und streute sie auf den dunklen Haufen Säcke, die Simon mit der Taschenlampe anleuchtete.

Henry wich ein Stück vom Rand des Lochs zurück und sah mit wachsender Angst zu.

Simon leuchtete auf den Säcken hin und her. »Siehst du irgendwas?«, fragte er Henry.

Henry spähte in die Dunkelheit. »Nein«, sagte er schließlich erleichtert. Im Keller war es ruhig. Die Krümel blieben unangetastet. »Vielleicht ist das Ding gar nicht mehr da.«

Simon machte ein verblüfftes Gesicht. »Hm. Ich hab gedacht, es lebt da unten.«

»Vielleicht war es ein GESPENST!«, sagte Jack.

Simon sah ihn böse an. »So etwas wie Gespenster gibt es nicht. Hab ich dir doch schon mal gesagt. Nun seid mal alle für einen Moment leise, vielleicht hören wir es ja.«

Sie hörten auf zu reden und lauschten. Alles, was Henry hören konnte, waren Jacks lautes Atmen und ein Vogel, der in der Ferne zwitscherte. Aus dem Keller drang kein Laut.

»Na schön«, sagte Simon. »Es ist wohl nicht mehr da. Schauen wir mal, ob wir einen Weg rauf zu den Zimmern finden. Als Erstes brauchen wir die Schlüssel, falls abgeschlossen ist. Wie lauten die Zimmernummern, Delilah?«

Delilah fischte einen kleinen gelben Notizzettel aus der Tasche ihrer Shorts. »Julia Thomas hatte Zimmer sechs und die Pe…, die beiden Deutschen hatten Zimmer fünf.«

»Die Petrasch-Brüder«, sagte Henry.

Simon trat vorsichtig hinter den hohen Empfangstresen, wo ein Schlüsselbrett mit rostigen alten Schlüsseln hing. »Hier«, sagte er triumphierend. »Fünf!« Dann hielt er inne. »Hm. Die Sechs fehlt.« Er ging die Schlüssel durch. »Na ja, es fehlen mehrere. Vielleicht kriegen wir die Tür ja auch ohne auf.«

»Aber wie kommen wir in den ersten Stock?«, fragte Henry. »Die unteren Stufen sind weggefault.« Selbst wenn ihnen etwas einfiel, wie sie an den ersten Stufen vorbeiklettern konnten, hatte er kein Vertrauen, dass die Stufen weiter oben stabil genug waren, um sie zu benutzen. Er sah schon richtig vor sich, wie sie versuchten, ins erste Stockwerk zu gelangen, und dann vier oder fünf Meter in die Tiefe stürzten. Vielleicht brachen sie ja dann erneut durch die Bodenbretter und fielen in den Keller?

»Sehen wir uns mal um.« Simon stopfte den Schlüssel für Zimmer fünf in seine Hosentasche. »Bis in den Saloon sind wir letztes Mal gar nicht gekommen.«

Henry entdeckte auf der anderen Seite der Hotelhalle eine Schwingtür, deren Buntglasfenster längst zerbrochen waren. Auf dem Boden davor glitzerten grüne und gelbe Scherben.

»Passt auf, wo ihr hintretet«, warnte Simon und ging voran.

Sie traten über die Scherben hinweg und schoben sich durch die beiden Türflügel, deren verrostete Scharniere laut quietschten. Vor ihnen erstreckte sich ein großer

Saal, in dem ein paar kaputte Stühle herumlagen. In der Mitte stand ein Tisch mit drei Beinen. Sonnenstrahlen drangen durch die staubigen Fenster und erhellten kaum die Umrisse. An der einen Wand zog sich eine hohe Bar entlang. Hinter dem Tresen waren Regale voller Glasscherben. Dahinter musste einmal ein Spiegel gehangen haben, stellte Henry fest. Das war die Bar, an der die Leute gesessen und Drinks bestellt hatten. Er versuchte sich den Raum in seiner Glanzzeit vorzustellen, voller Cowboys und Goldgräber, die Whiskey tranken und sich die Musik anhörten.

»Wow! Was ist das für ein Ort?«, sagte Delilah und sah sich um. »Guckt euch die alten Möbel an … Und seht ihr die Sachen an den Wänden?«

»Hier sind alle hergekommen, wenn sie sich amüsieren wollten.« Henry versuchte auf ein interessantes Wort aus all den Büchern, die er gelesen hatte, zu kommen, das es vielleicht beschrieb. »Es muss hier sehr … *festlich* gewesen sein.«

»Was bedeutet das?«, wollte Jack wissen.

»Dass man hier toll Partys feiern konnte.«

Im schwachen Licht konnte Henry ein paar Lampen

und einige gerahmte Bilder an der Wand ausmachen. Er ging zu einem Bild, das höher als breit und etwas größer als eine Zeitschrift war. Es handelte sich um eine verblasste Tuschezeichnung des Hotels, mit dem Hängeschild über der Tür, auf dem die schwarze Katze deutlich sichtbar war. Der Rahmen war gebrochen, das Glas kaputt.

»Das sind Zeichnungen«, sagte er. »Hier ist eine vom Hotel. Die daneben …« Er sah genauer hin. »Das scheint die Stadt zu sein. Wir haben doch diese Kirche gesehen, wisst ihr noch? Mit dem Turm?« Er tippte mit der Fingerspitze auf das Bild.

Simon trat neben ihn. »Ja, stimmt. Das ist die Kirche am Ende der Straße. So hat Gold Creek also ausgesehen, als hier noch Menschen gelebt haben! Das bedeutet, die Bilder sind hundert Jahre alt.« Er seufzte. »Schade, dass sie in so schlechtem Zustand sind.«

Henry sah sich im Raum um. Es gab noch mehr Bilder, aber sie waren alle ganz schön mitgenommen, das Papier verfärbt und eingerissen, die Tinte so verblasst, dass man kaum erkennen konnte, was sie darstellten.

»Hier ist eins von irgendeinem Mann«, erklärte Delilah. Sie zeigte auf das Porträt eines Mannes, der einen dicken, geschwungenen Schnurrbart hatte und einen altmodischen Anzug trug.

»Wer das wohl ist?«, fragte Henry.

»He!«, rief Jack. Er stöberte hinter dem Tresen herum. »Hier gibt's eine Treppe! In der Ecke. Und sie ist nicht kaputt!«

»Hab ich's mir doch gedacht!« Simon strahlte. »Kommt, suchen wir das Zimmer von Julia Thomas.«

Jack fing an, die Stufen hinaufzuspringen, aber Henry hielt ihn am T-Shirt fest. »Langsam! Nur für den Fall.«

Sie stiegen die dunkle Treppe hinauf und kamen in einem noch dunkleren Flur hinaus. Auf beiden Seiten gingen geschlossene Türen ab.

»Stehen noch die Nummern dran?«, fragte Delilah.

Simon schüttelte den Kopf. »Nicht an allen. Aber an ein paar schon. Hier, das ist Zimmer drei.« Er deutete auf eine verblasste Zimmernummer, die oben in die Ecke einer Tür gepinselt worden war. Er probierte den Knauf und der drehte sich auch, aber die Tür blieb geschlossen. »Ich glaube nicht, dass abgeschlossen ist. Die klemmt bloß.«

Er lehnte seine Schulter an die Tür und drückte dagegen. Die Tür quietschte, dann flog sie auf.

Die vier drängten ins Zimmer. Zwei Fenster, deren Scheiben teilweise zerbrochen waren, boten Sicht auf die Straße, und an den Wänden war großflächig Farbe abgeblättert. In einer Ecke lag eine dünne, fleckige Matratze und an der Wand stand ein großer, splitteriger Kleiderschrank. Davon abgesehen war das Zimmer leer.

»Wir sehen besser nach, ob da noch was drin ist.« Delilah ging zum Schrank. Sie zog an einem Türgriff, dann noch einmal kräftiger. Die Tür schwang ein Stück auf und blieb knarrend am verzogenen Rahmen hängen.

Delilah lugte hinein. »Nichts«, sagte sie enttäuscht.

»Gut, suchen wir die Zimmer fünf und sechs und schauen nach, ob da was drin ist«, entschied Simon. »Die anderen können wir dann immer noch checken.« Er schaltete die Taschenlampe ein und leuchtete den Flur mit den geschlossenen Türen hinunter.

Hier oben war es stiller und dunkler als unten. Henry war beklommen zu Mute.

Jack dagegen spazierte furchtlos den Flur entlang. »Hier ist vier. Und hier fünf. Das hier hat keine Nummer«, verkündete er und zeigte mit dem Finger auf die letzte Tür links.

»Dann ist das vielleicht Zimmer sechs, wo Julia Thomas übernachtet hat«, sagte Delilah.

Simon drehte bereits den Knauf von Zimmer fünf und schob die Tür mit Gewalt auf. Henry, Jack und Delilah drängten sich hinter ihm hinein. Das Zimmer hatte nur ein kleines Fenster und war leer mit Ausnahme einer Glasflasche auf dem Boden, die dick mit Staub bedeckt war, und einen Stuhl, der an der Wand lehnte. Die Sitzfläche war mittendurch gebrochen.

»Leuchte mal den Boden ab«, schlug Henry vor. »Falls dort was liegt.«

Simon schwenkte die Taschenlampe und leuchtete die Ecken aus. Von der Flasche abgesehen lag dort nicht einmal ein Penny herum.

»Hier oben ist GAR NICHTS«, sagte Jack niedergeschlagen.

»Ich frage mich, warum die Bibliothekarin und Officer Myers und der Vater von Sara Delgado dann darüber geredet haben«, überlegte Henry laut. »Wieso dachten sie, dass im Hotel etwas sein könnte?«

»Wahrscheinlich aus demselben Grund wie wir«, sagte Simon. »Weil Julia Thomas hier zusammen mit den Petrasch-Brüdern abgestiegen ist, bevor und *nachdem* sie auf dem Berg nach Gold gesucht haben.«

»Aber wenn sie welches gefunden hätten, hätten sie das doch nie hier zurückgelassen«, widersprach Henry.

»Nein«, gab Simon ihm Recht, »aber irgendetwas anderes vielleicht – etwas von ihrer Tour, das uns verraten könnte, ob sie *wirklich* Gold gefunden haben und wo es sein könnte.«

»Tja, aber anscheinend haben sie nichts zurückgelassen. Und ich kriege ein total schlechtes Gefühl hier oben. Ich glaube, wir sollten gehen.«

»Na schön, meinetwegen, aber vorher sehen wir noch in Zimmer sechs nach«, sagte Simon.

»Ja, Henry«, krähte Jack tadelnd. »Sei doch keine solche Memme.«

»Wenn wir alle zusammenbleiben, wird schon nichts passieren«, sagte Delilah. Henry fand dieses Argument wenig einleuchtend, schließlich waren sie alle zusammen gewesen, als Delilah in den Canyon gestürzt war, und bei dem Steinschlag auch. Aber bevor er noch

Gelegenheit hatte, sie darauf hinzuweisen, standen sie bereits in Zimmer sechs, wo Julia Thomas übernachtet hatte.

Es handelte sich um das Eckzimmer, dessen Fenster sowohl zur Hauptstraße als auch zur Hügellandschaft der Wüste hin lagen. Die Scheiben waren angelaufen und geplatzt. Bis auf einen weiteren großen, ramponierten Kleiderschrank war das Zimmer völlig leer.

Delilah ging zum Schrank und riss die Tür so kräftig auf, dass ihr Zopf einen kurzen Hüpfer machte.

»Und?«, fragte Simon.

»Nichts«, antwortete sie. »Ist ja eigentlich auch kein Wunder, dass es hier nichts Wertvolles mehr gibt, oder? Das hätte doch längst irgendjemand gefunden.«

»Stimmt.« Simon schwang die Taschenlampe in einem weiten Bogen herum und leuchtete die Wände und den Boden aus.

»Moment«, sagte Henry. »Was ist das?«

Zwischen den beiden Fenstern, die zur Wüste hin lagen, hing ein Bilderrahmen an der Wand.

»Wieder eine von diesen Zeichnungen«, sagte Delilah und folgte Henry dorthin.

Zusammen beugten sie sich zu dem Bild hin, das anscheinend eine Frau zeigte. »Simon«, sagte Henry. »Leuchte mal hierh–«

Doch sein Bruder hatte den Strahl bereits auf das Bild gerichtet.

Delilah keuchte auf. »He! Das ist ein Bild von Julia Thomas und sie hat eine Katze auf dem Schoß …«

Jack rannte zu ihnen hinüber. »Eine schwarze Katze!«, rief er.

Henry stand stocksteif da und starrte auf das Bild. Das Papier war ausgefranst und fleckig, aber es handelte sich eindeutig, unverkennbar um ein getuschtes Porträt von Julia Thomas, der gruseligen Zwillingsschwester der Bibliothekarin mit ihren wallenden schwarzen Haaren und hohen Wangenknochen. Sie saß aufrecht in einem Stuhl mit hoher Rückenlehne. Auf ihrem Schoß, in ihrer Armbeuge, lag eine schwarze Katze.

Eine Katze mit einem weißen Fleck am Hals.

Eine Katze, die genauso aussah wie Josie.

# KAPITEL 6
# Nicht allein

»He!«, sagte Jack. »Sieht diese Katze nicht aus wie …?« Er drehte sich unsicher zu Henry um.

Simon stand jetzt auch bei ihnen, richtete die Taschenlampe direkt auf das Bild und der Strahl wurde von der zerbrochenen Glasscheibe zurückgeworfen. »Ist ja seltsam«, sagte er.

»Das ist Josie«, hauchte Henry. »Seht euch den Fleck an ihrem Hals an.«

»Das ist natürlich nicht Josie«, sagte Simon. Er zog den Saum seines T-Shirts hoch und rieb damit über die Scheibe. »Aber sie sieht wirklich genauso aus«, gab er zu.

Delilah ging ganz nah an das Bild heran. »Sogar ihr Blick ist wie der von Josie. Erinnerst du dich, ob irgendwo etwas darüber stand, dass Julia Thomas eine Katze hatte?«, fragte sie Henry.

Er schüttelte den Kopf. »Nein … aber in den Büchern aus der Bücherei stand sowieso nicht viel über Julia Thomas.« Er konnte gar nicht aufhören, das Bild anzustarren.

»Ich glaube nicht, dass die Katze auf dem Hotelschild einen Fleck am Hals hat«, sagte Simon.

»Den können wir bloß nicht mehr erkennen«, sagte Henry. »Das Schild ist zu verwittert.«

»Na ja, jedenfalls ist das hier anscheinend das richtige Zimmer«, überlegte Simon. »Wieso hätten die hier ein Bild von ihr aufhängen sollen, wenn sie hier nicht übernachtet hat?«

»Aber selbst wenn, wieso haben sie überhaupt ein Bild von ihr aufgehängt?«, fragte Henry. »Sie war doch nicht berühmt oder so was.«

»Vielleicht war sie ja berühmter, als wir dachten«, überlegte Delilah.

»Oder ihre Katze«, fügte Jack hinzu.

»Nehmen wir es mit«, schlug Simon vor. »Nur mit der Taschenlampe sieht man es ja gar nicht richtig.«

Henry biss sich auf die Lippe. »Meinst du, das ist okay? Es gehört uns doch nicht.«

Aber Simon nahm das Bild bereits vorsichtig von der Wand. »Es gehört aktuell niemandem. Die Stadt ist aufgegeben worden. Das ist genauso, wie wenn Leute ihre alten Sachen für die Müllabfuhr an den Straßenrand stellen.«

Henry fand nicht, dass das wirklich dasselbe war. Aber er wollte unbedingt aus dem Hotel raus, also sagte er nichts, während Simon sich das Bild unter den Arm klemmte und mit der Taschenlampe wieder zurück zum Flur leuchtete.

»Werfen wir noch kurz einen Blick in die anderen Zimmer, bevor wir gehen«, sagte er.

Sie öffneten die Türen auf der anderen Seite des Gangs und überprüften rasch die restlichen Zimmer. In einem Raum stießen sie auf eine weitere alte Matratze, einen kaputten Tisch und das Kopfteil eines Bettes. Doch die anderen waren leer und es hingen auch nirgendwo Bilder an der Wand.

Vorsichtig stiegen die vier die Treppe hinab und gingen gerade denselben Weg durch den Saloon zurück, als Henry etwas hörte.

»Simon, warte«, sagte er. »Seid mal kurz still.«

Es war ein Rascheln, schnell und gedämpft, ein gleichmäßiges, sich verschiebendes Murmeln unter ihren Füßen.

Simon wandte sich langsam, mit großen Augen zu Henry um. »Das kommt aus dem Keller.«

»Machen wir bloß, dass wir rauskommen.« Delilah schob sich an ihnen vorbei in die Hotelhalle.

»Bleib dicht an der Wand«, warnte Simon sie. Er hatte seine Taschenlampe bereit und richtete den Strahl die Bodenbretter entlang zu dem klaffenden Loch, wo das beständige leise Wühlen nun deutlicher zu hören war.

Henry wäre am liebsten raus ins helle Sonnenlicht auf der Straße geflohen. Aber ausnahmsweise war das Bedürfnis zu erfahren, was sich da unter ihnen befand, stärker als seine Angst. Der Instinkt nachzuschauen war stärker als der Fluchtinstinkt.

Mit angehaltenem Atem drängte Henry sich an Simons Schulter und beugte sich dem zerklüfteten Rand entgegen. Sein Blick folgte dem Strahl der Taschenlampe.

»AHHH!«, schrie Simon, sprang zurück und hätte Henry beinahe umgeworfen.

Was dort unten im Keller auf den Säcken umherhuschte, war ein Schwarm Ratten … ein dunkler, wimmelnder Haufen Ratten. Ihre schmalen, krummen Rücken und langen Schwänze waren kaum zu unterscheiden, so wild jagten sie nach Krümeln. Während die Kinder entsetzt zusahen, wandten sich ihnen eine spitze Nase und glänzende schwarze Augen zu. Unablässig raschelnd suchten die Ratten das Sackleinen nach den letzten Resten des Müsliriegels ab.

»Iiiih! Eklig!«, schrie Jack. »Simon, DIE waren mit dir da unten! Und wenn sie dich gebissen hätten? Wenn sie dich aufgefressen hätten?«

»Halt den Mund, Jack«, sagte Simon, aber sein Gesicht war blass. »Bloß weg hier!«

Delilah, die ganz still geworden war, zog sich bereits zur Tür zurück.

Simon warf Henry die Taschenlampe zu und schnappte sich seinen Rucksack. Sie rannten los, ohne sich noch darum zu kümmern, wo sie hintraten. Binnen Sekunden trampelten sie über die durchhängende Veranda, dann die splitterigen Stufen hinunter. Dort waren ihre Räder und glänzten bunt im strahlenden Sonnenschein.

Simon hatte das Bild von Julia Thomas unter dem Arm klemmen. »Versuch mal, ob es in den Rucksack passt«, sagte er zu Henry, schob die Arme durch die Traggurte und kehrte ihm den Rücken zu.

Henry hantierte mit den Wasserflaschen herum. »Da ist zu viel anderes Zeug drin. Der Platz reicht nicht.«

»Gib her.« Delilah nahm ihm die Flaschen ab. »Die und die Taschenlampe können wir in meinen Fahrradkorb tun.«

Henry dachte nicht zum ersten Mal, dass Delilah richtig was draufhatte, erst recht für ein Mädchen. Er leerte Simons Rucksack und schob vorsichtig das Bild hinein. Dann zog er für besseren Halt den Reißverschluss so weit zu, wie es ging.

Anschließend trug Henry die Taschenlampe, Delilah die Wasserflaschen und Jack die Müsliriegel zu ihren Rädern und sie stiegen auf.

»Guckt mal«, sagte Jack, als er auf die staubige Straße fuhr. »Da kommt ein Auto.«

Er deutete den Pfad hinunter zur Landstraße. Henry schirmte die Augen mit der Hand ab und blinzelte in das weiße Sommerlicht. Ein Wagen war gerade von der

Straße abgebogen und kam auf sie zugefahren. Seine Reifen wirbelten große braune Staubwolken auf.

»Was will denn ein Auto hier draußen?«, fragte Henry.

»Jungs …« Delilah hielt an und runzelte die Stirn. »Das ist ein Streifenwagen.«

Henry schnappte nach Luft. Sie hatte Recht. Er konnte oben auf dem Wagendach gerade noch die rechteckige Reihe von Blaulichtern erkennen. Voller Panik drehte er sich zu Delilah um. »Und wenn das Officer Myers ist?«

»Fahren wir!«, sagte Simon mit leiser Stimme. »Nicht den Pfad entlang. Schnell – hinter das Gebäude. Wir müssen querfeldein fahren, dann sieht er uns hoffentlich nicht.«

Rasch warfen sie die Sachen in Delilahs Fahrradkorb und schoben ihre Räder um die Ecke des Hotels und dann weiter, raus in die Wüste, und warfen immer wieder Blicke zu dem Streifenwagen, der unablässig näher kam. Simon bahnte sich einen Weg durch das Gestrüpp, dann stieg er auf und trat in die Pedale, pflügte einen Weg. Sie fuhren hinter den Wasserturm und die Kirche. Der zerfurchte Pfad mochte eine Herausforderung gewesen sein, doch das offene Feld mit seinen Sträuchern, Kakteen und Felsbrocken war geradezu ein Hindernisparcours und die sandige Erde erschwerte das Vorankommen. Henry begriff, dass Simon versuchte hinter eine schützende Ansammlung größerer Büsche und Saguaros zu gelangen, aber das raue Gelände zwang ihn immer wieder dazu, anzuhalten und eine andere Richtung einzuschlagen, was im Sand gar nicht so einfach war. Jack fiel zweimal um und beim zweiten Mal genau auf einen großen Stein. Doch selbst ihm war klar, dass sie mucksmäuschenstill sein mussten. Er tat Henry richtig leid, als die rosa Schramme am Knie auch noch zu bluten anfing.

Der Streifenwagen fuhr währenddessen den Pfad entlang weiter auf die Geisterstadt zu und zog eine wirbelnde Staubfahne hinter sich her.

Als sie es endlich zurück auf die Landstraße geschafft hatten, trat Simon sogar noch kräftiger in die Pedale.

»Können wir jetzt nicht langsamer fahren?«, jammerte Jack. »Mein Knie tut weh. Es BLUTET.«

»Nein«, sagte Simon. »Nicht anhalten.«

»Aber –«, protestierte Jack.

»Wir kleben ein Pflaster drauf«, tröstete ihn Delilah. »Aber erst müssen wir zu euch nach Hause.«

»Meint ihr, er verfolgt uns?«, fragte Henry und hatte Mühe hinterherzukommen.

»Könnte sein«, sagte Simon. »Wenn er unsere Reifenspuren sieht.«

Delilah warf einen Blick über die Schulter. »Guckt, er hat angehalten. Bestimmt schnüffelt er da jetzt rum.«

Henry verspürte eine Woge der Erleichterung. Er überlegte fieberhaft, ob sie irgendetwas zurückgelassen hatten, das bewies, dass sie dort gewesen waren. »Wir haben doch alles wieder mitgenommen, oder?«

»Klar«, sagte Simon. »Hoppla! Leider auch den Zimmerschlüssel.« Er zog den rostigen braunen Schlüssel von Zimmer fünf aus der Hosentasche und hielt ihn hoch.

Henry erstarrte. »Du hast den mitgenommen?«

»Ist doch egal. Die Türen waren ja nicht abgeschlossen und es fehlen auch noch andere Schlüssel.« Dann fügte Simon entschuldigend hinzu: »Durch den Anblick im Keller hab ich total vergessen, ihn wieder hinzuhängen …«

Henry wurde ganz anders, wenn er an den dunklen Keller und die wimmelnden Ratten dachte. Als Simon neulich dort hinuntergestürzt war, wer wäre da auf die Idee gekommen, dass Ratten hinter dem Rascheln steckten? Ihm fiel der Müsliriegel wieder ein, den sie in den Keller geworfen hatten. Also hatten sie doch etwas zurückgelassen … aber der war doch bestimmt längst vertilgt.

Immer noch staunend über ihre Entdeckungen in der Geisterstadt radelten sie weiter nach Hause.

# KAPITEL 7
# Frühere Leben

Am nächsten Morgen wachte Henry nach einer Nacht voller schrecklicher Träume früh auf. Er konnte sich nicht mehr an alle erinnern, aber der letzte, aus dem er voller Angst und mit gewaltigem Herzklopfen hochgeschreckt war, ging so: Josie war den Jungen in die Geisterstadt gefolgt und bevor sie ihre Katze daran hindern konnten, sprang sie in den Keller des Black Cat Saloon. Zuerst jagte sie die Ratten, aber dann gingen die Nager zum Gegenangriff über. Die Jungen versuchten verzweifelt, Josie da wieder herauszubekommen, streckten sich so tief hinunter in das Loch, wie sie konnten, und riefen sie, und als es schon so aussah, als würde sie gleich in Henrys Arme springen, tauchte aus dem Nichts die Bibliothekarin Julia Thomas im Hotel auf und beugte sich ebenfalls über das Loch. Als Josie die Bibliothekarin erblickte, machte sie einen Buckel und fauchte wütend, genauso wie auf dem Fensterbrett während der Sitzung der Historischen Gesellschaft. Doch dann, als die Ratten Josie umzingelten und mit ihren zuckenden Nasen und scharfen Zähnen immer näher kamen, erschien die alte Julia Thomas, die auf dem Bild, aus einem dunklen Winkel des Kellers und streckte die Arme aus. Josie sprang in ihre Arme und die alte Julia Thomas drückte sie an die Brust ihres altmodischen, hoch zugeknöpften Kleids und verschwand wieder in der Dunkelheit. In seinem Traum beugte Henry sich so weit in den Keller, dass er schon Angst hatte hineinzufallen, und schrie: »Josie! Josie!« Doch sie blieb verschwunden. Nur die Ratten waren noch zu sehen.

Sein Herz klopfte immer noch wie verrückt, als Henry aus dem Bett schlüpfte und den stillen Flur zur Küche hinunterging. Josie lag bei der Tür in einem rechteckigen Flecken Morgenlicht und sah ihn mit ihren gelben Augen an. Liebe und Erleichterung wallten in ihm auf. Er kniete sich auf den Teppich, streichelte ihren seidigen Kopf und kraulte sie hinter den Ohren. Sie verdrehte den Hals und drängte sich gegen seine Finger und er konnte das freundliche Schnurren mehr spüren als hören. Dann legte sie abrupt die Ohren an, rollte sich auf den Rücken und schlug mit den Pfoten nach seiner Hand.

»Jaja, schon gut.« Henry versuchte ihren weichen Bauch zu streicheln, gleich unterhalb der weißen Stelle. Doch Josie sprang auf und schoss ins Wohnzimmer; sie hatte genug.

Er dachte an die alte Tuschezeichnung von Julia Thomas mit der Katze auf dem Schoß. Die sah Josie dermaßen ähnlich! Bis hin zu dem auffälligen weißen Fleck am Hals. Wie war das möglich?

»Bist du das, Henry?«, drang Mrs Barkers Stimme aus der offenen Tür ihres Arbeitszimmers. »Du bist aber früh auf.«

»Ja. Ich hab was Schlechtes geträumt.« Er ging zu ihrem Zeichentisch und rieb sich die Augen. Sie war bereits mitten bei der Arbeit und skizzierte sorgfältig die Umrisse eines Herzens mit dicken, prallen Adern. Ihr aktueller Auftrag bestand darin, ein Buch über Herzkrankheiten zu illustrieren.

Mrs Barker legte einen Arm um ihn, zog ihn an sich

und gab ihm einen Kuss auf die Schulter. »Wovon handelte der Traum?«

Er runzelte die Stirn, weil er nicht wusste, wie viel er ihr erzählen sollte. »Ich kann mich nicht mehr richtig daran erinnern. Josie ist irgendwas Schlimmes passiert.«

»Ach, das muss ja gruselig gewesen sein! Aber sie liegt jedenfalls da drüben im Flur. Hast du sie gesehen?«

Er nickte, lehnte sich an seine Mutter und sah ihr beim Zeichnen zu. Wie ihre Hand sich über das Papier bewegte, so geschickt, mit solcher Sicherheit, das hatte etwas Beruhigendes. So ein hypnotisches Kribbeln, als würde ihm jemand übers Haar streichen.

»Was stimmt denn mit dem Herzen nicht?«, fragte er. Es kam ihm merkwürdig vor, dass er zwar praktisch nichts über das Aussehen von Herzen wusste, aber trotzdem sofort sehen konnte, dass mit dem, das seine Mutter gerade zeichnete, etwas nicht in Ordnung war. Die Adern, von denen es durchzogen war, wirkten aufgebläht und dick. Als würden sie jeden Moment platzen.

»Dieser Zustand nennt sich Arteriosklerose. Das ist eine Verdickung der Schlagadern. Davon kann man einen Herzinfarkt bekommen.«

»Arteriosklerose«, wiederholte Henry. Ihm gefiel, wie lang und gewunden das Wort klang.

Seine Mutter zeichnete weiter und das arme, kranke Herz nahm unter ihrer Hand Form an.

»Mom«, sagte er nach einer Weile.

»Ja, Schatz?«

»Meinst du, es ist möglich, dass jemand, der vor langer Zeit gestorben ist, wieder lebendig wird? In einem anderen Menschen?«

»Nein«, sagte seine Mutter.

Irgendwie hatte er sich eine andere Antwort erhofft. »Überhaupt nie?«

»Nein, Schatz. Nie. So läuft das mit dem Tod nicht.« Er wartete darauf, dass sie noch mehr sagte, aber sie zeichnete weiter, ganz vertieft in das entstehende Bild. »Warum fragst du?«

»Ich hab nur darüber nachgedacht«, sagte er langsam. »Wir haben ein Bild gesehen …« Er überlegte, wie er ihr davon erzählen konnte, ohne zu viel zu verraten. »In einem Buch aus der Bücherei – ein Bild von dieser Frau, Julia Thomas, deren Grab Emmett in Phoenix gefunden hat. Sie hat im 19. Jahrhundert dort gelebt …«

»Mmm-hmmm«, brummte seine Mutter und konzentrierte sich auf ihre Arbeit.

»Mom.« Er berührte sie an der Schulter, weil er wollte, dass sie zuhörte.

Sie machte ganz kurz ein böses Gesicht, aber dann hörte sie auf zu zeichnen und balancierte den Stift zwischen den Fingern. »Was ist denn, Hen? Worüber machst du dir Sorgen?«

»Die Julia Thomas in dem Buch, die im 19. Jahrhundert gelebt hat, trägt denselben Namen wie die Frau, die in der Bücherei arbeitet … und sieht auch genauso aus!«

In diesem Moment steckte Mr Barker den Kopf durch die Tür, einen dampfenden Kaffeebecher in der Hand. »Die Frau in der Bücherei? Die fand ich furchtbar. Und jetzt erzählst du, dass es vor hundert Jahren schon mal so eine gab? Das ist ja wieder typisch! Die Leute, über deren Reinkarnation man sich freuen würde, sind für immer weg, aber die unangenehmen hat man ständig wieder am Hals.«

Mrs Barker lachte, schüttelte aber gleichzeitig den Kopf. »Bring Henry bloß nicht auf Ideen.«

»Was bedeutet das?«, fragte Henry. *»Reinkarnation?«*

Mrs Barker seufzte. »In anderer Gestalt wiedergeboren werden. Reinkarnation ist der Glaube mancher Religionen, dass die Menschen nach ihrem Tod in neuer Gestalt zurückkehren können. Als jemand anders oder als Tier.«

»Wirklich?« Henry sah seinen Vater an. »Meinst du, das kann passieren?«

»Nein«, mischte sich Mrs Barker entschieden ein.

Mr Barker nippte an seinem Kaffee. »Ach, keine Ahnung, Hen … Die Welt ist komplex, und über die Jahrhunderte war in vielen Religionen die Vorstellung verbreitet, dass es Reinkarnation gibt. Im Hinduismus, in Teilen des Judaismus, bei manchen Indianern …« Seine Augen funkelten, während er sich für die Idee erwärmte. »Sag selbst, ist es nicht faszinierend, dass diese ganzen verschiedenen Religionen überall auf der Welt an frühere Leben glauben? An die Möglichkeit einer Rückkehr von den Toten als neuer Mensch oder als Tier? Gut, das klingt vielleicht ein bisschen verrückt, aber ich muss sagen, es gibt bestimmt viel, was wir über den Tod nicht wissen.«

Mrs Barker legte ihren Stift hin, drehte sich vom Zeichentisch weg und sah ihren Mann an. Ihre Lippen waren ganz schmal vor Ungeduld. »Jim.«

Er grinste sie an. »Ach, na ja, du hast deine Mutter gehört.« Er nahm den leeren Becher von ihrem Tisch. »Noch mehr Kaffee?«

»Ja, gern«, sagte sie ein wenig besänftigt. Sie machte sich wieder an die Arbeit und Henry folgte seinem Vater in die Küche.

»Dann denkst du, Menschen können wiedergeboren werden?«, fragte er. »Was ist mit Tieren?«

»Das weiß ich nicht, Henry. Aber falls Menschen wieder ins Leben zurückkehren können, dann wüsste ich nicht, warum Tieren das verwehrt bleiben sollte.«

»Dad«, begann Henry vorsichtig, »die andere Sache an diesem Bild von der alten Julia Thomas ist, dass sie eine Katze hatte. Und die sah genauso aus wie Josie! Sie hat sogar denselben weißen Fleck am Hals – der wie der Umriss von Florida aussieht.«

Sein Vater lachte. »Der sieht aus wie der Umriss von Florida? Ist mir noch nie aufgefallen.«

Henry ließ sich auf einen Küchenstuhl fallen und war drauf und dran aufzugeben. Anscheinend konnte er das seinen Eltern nicht begreiflich machen.

Sein Vater füllte den Becher für seine Mutter wieder auf, kam zum Tisch und verwuschelte Henrys Haare. »Was ist denn los, Hen? Wieso dieses plötzliche Interesse an Reinkarnation?«

Henry schüttelte verzweifelt seine Hand ab. »Weil die Frau in dem alten Bild, die Frau, die im 19. Jahrhundert gelebt hat, genauso ausgesehen hat wie die Bibliothekarin! Und ihre Katze genauso wie Josie!«

Mr Barker musterte ihn. »Gut, na schön. Das *ist* merkwürdig. Jetzt musst du mir das Bild mal zeigen – das will ich mit eigenen Augen sehen.«

Henrys Magen zog sich zusammen. Genau wegen so etwas sagte Simon immer, dass sie absolut nichts verraten durften. Er versuchte es ein letztes Mal. »Meinst du, Josie könnte eine wiedergeborene Katze aus dem

19. Jahrhundert sein? Die einmal hier in Superstition gelebt hat?«

Mr Barker ließ sich das anscheinend durch den Kopf gehen. »Na ja, man sagt, Katzen haben neun Leben«, sagte er munter. »Und Josie scheint sich hier in Arizona heimisch zu fühlen. Wenn man vom Teufel spricht, da kommt sie.«

Josie kam auf leisen Sohlen in die Küche, sprang auf den Esstisch – der für sie absolut verboten war – und schnupperte an den Tischsets. Mr Barker strich mit der Hand ihren Rücken entlang und zwinkerte Henry zu. »Pst, sag bloß nichts deiner Mutter.«

»Warum, denkst du, glaubt Mom nicht an Reinkarnation?«

»Na ja … Deine Mutter hat eine ganz bestimmte Sorte von Vorstellungskraft«, erklärte Mr Barker philosophisch. »Einen prächtigen Verstand für Wissen, aber keinerlei Gespür für das Mythische.« Er ging mit ihrem Kaffeebecher den Flur hinunter.

Henry blieb allein mit Josie zurück. Sie kam über den Tisch auf ihn zu, bis sich ihre Nasen beinahe berührten, und starrte ihn mit ihren gelben Augen an. Hatte sie wirklich einmal der alten Julia Thomas gehört? Hatte sie vor mehr als einem Jahrhundert im Schatten des Superstition Mountain gelebt? Es würde erklären, warum sie sich auf dem Friedhof so wohlfühlte … und warum sie sich anscheinend mit Sachen auskannte, von denen die Jungen keine Ahnung hatten.

## KAPITEL 8
# Verborgene Bilder

Als seine Brüder aufwachten, konnte Henry es kaum erwarten, sich das Bild aus dem Hotel noch mal anzusehen. Er konnte an nichts anderes denken als an die Katze auf Julia Thomas' Schoß und wie ähnlich sie Josie sah. Während Simon und Jack geschlafen hatten, hatte er zweimal Delilah angerufen, nur um sich von ihrer Mutter – zunächst freundlich und dann leicht verärgert – erzählen zu lassen, dass sie ebenfalls noch schlief. Endlich waren alle wach und Delilah kam sofort mit dem Rad herüber, noch mit dem alten, halb aufgelösten Zopf vom Vortag.

Sie setzte sich zu Simon und Jack an den Frühstückstisch, während Henry ihnen alles über Reinkarnation erzählte. Leider konnte Mr Barker ihn nicht mit hilfreichen Anmerkungen unterstützen; er war bereits zur

Arbeit gefahren, zu seiner Maurerwerkstatt in der Stadt, wo er Beton für Gehwege mischte und Steinplatten für Terrassen goss. Immerhin war Mrs Barker so vertieft in ihre Zeichnungen, dass sie das Gespräch nicht mit skeptischen Bemerkungen würzte.

Wie sich herausstellte, wusste Simon bereits über Reinkarnation Bescheid. »Aber ich glaube nicht, dass die Leute das meinen, wenn sie sagen, eine Katze hat neun Leben. Ich glaube, das bedeutet, dass sie so leicht nichts umbringt.«

Henry überlegte. »Na ja, es könnte beides bedeuten – es bringt sie so leicht nichts um und wenn sie doch mal sterben, kommen sie für ein weiteres Leben zurück.«

»Cool!«, rief Jack. »Dann meint ihr, Josie ist eine GEISTERKATZE? Sie hat schon vor langer, langer Zeit mal gelebt?« Er tauchte unter den Tisch, wohin Josie sich vor einigen Minuten geflüchtet hatte, als er in die Küche gepoltert war, und nahm sie hoch. »Bist du ein GEIST, Josie?«, schrie er ihr ins Gesicht. »Bist du einer?«

Josie wich empört zurück, presste beide Vorderpfoten gegen seine Brust und wand sich, bis sie sich befreit hatte. Sie sprang zu Boden und schoss davon.

»Sie kann das nicht ausstehen«, sagte Henry gutmütig.

»Ja, weil sie ein GEIST ist!«, krähte Jack. »Geister lassen sich nicht gern anfassen.«

»Jungs!«, rief Mrs Barker aus ihrem Arbeitszimmer. »Was schreit ihr da rum?«

Simon funkelte Jack an. »Gar nichts, Mom. Jack macht bloß Quatsch.«

Delilah wirkte gedankenverloren. »Ich dachte, Reinkarnation heißt nicht, dass man als *man selbst* zurückkommt. Ich dachte, es bedeutet, man kommt als jemand anders zurück. Oder als etwas anderes, zum Beispiel ein Mensch als Tier.« Sie zögerte. »Ich hab mir immer gewünscht, dass mein Dad wiedergeboren werden würde. Dann sind wir hier hergezogen und jetzt kommt immer dieser Kolibri …« Sie verstummte.

»Was?«, fragte Henry. Er fand Kolibris toll – ihre winzigen Gesichter und ihre schimmernden bunten Federn und ihre Flügel, die tausend Mal in der Minute schlugen. Sie kamen ihm immer ganz unwirklich vor.

Delilah sah zu Boden. »Ach, keine Ahnung. Er kommt wirklich jeden Tag zu dem Futterhalter auf der Terrasse und manchmal bleibt er mit schlagenden Flügeln vor den Schiebetüren in der Luft stehen und sieht uns einfach nur an. Da muss ich an Dad denken.«

Simon schien etwas Abfälliges sagen zu wollen, doch dann sah er Delilah an und sagte zu Henrys Verblüffung nur: »Na ja, in vielen Religionen glaubt man an Reinkarnation.« Delilah warf ihm einen dankbaren Blick zu und Henry wünschte sich, dass ihm das eingefallen wäre.

»Ich finde, Kolibris sind … *bezaubernd*«, warf er ein.

Delilah lachte. »Was du immer für lustige Wörter kennst, Henry.«

Es war nicht die Reaktion, auf die er gehofft hatte. »Wohin hast du das Bild getan?«, fragte er Simon, um das Thema zu wechseln. »Sehen wir es uns noch mal an.«

»Es ist immer noch in meinem Rucksack.« Simon nahm sie mit in sein Zimmer, kniete sich vor sein Bett und zog den Rucksack darunter hervor. Der Holzrahmen des Bildes ragte aus dem offenen Reißverschluss. Vorsichtig holte Simon es hervor und legte es auf den Teppich. »Mach die Tür zu«, sagte er zu Jack.

Jack schloss die Tür und sie ließen sich auf den Teppich fallen und beugten sich über die Tuschezeichnung. Sie war verblasst und fleckig, doch sie stellte unverkennbar Julia Thomas dar … Ihre schwarzen Haare waren ordentlich gescheitelt und im Nacken zusammengebunden. Ihre schmalen Augenbrauen wölbten sich genau wie die der Bibliothekarin und ihre Augen blickten durchdringend. Auf ihrem Schoß saß die Katze, aufrecht in ihrer Armbeuge. Das Tier hatte die Ohren aufgestellt und seine leuchtenden Augen sahen den Betrachter gelassen an. Der weiße Fleck am Hals wies die von Josie wohlbekannte Form einer baumelnden Socke auf.

»Ja«, verkündete Jack. »Das ist Josie.«

Simon verdrehte die Augen. »Hast du überhaupt eine Ahnung, wie viele schwarze Katzen es gibt? Sogar schwarze Katzen mit weißen Flecken!«

»Aber Simon …« Henry zögerte. »Es ist doch nicht nur die Farbe. Schau dir an, wie die Katze guckt! Genau wie Josie.«

»Was willst du damit eigentlich sagen, Hen? Dass Josie hier vor 130 Jahren schon mal gelebt hat? Und dann als unser Haustier wiedergeboren worden ist? Ernsthaft?«

Henry seufzte. »Keine Ahnung. Aber es würde einiges erklären, oder nicht? Wieso Josie sich hier so gut auskennt, sogar auf dem Berg. Wieso sie Sachen wie diesen Grabstein mit unserem Namen drauf findet oder diesen Fetzen von Onkel Hanks Briefpapier in der Goldmine.«

Simon spitzte verzweifelt die Lippen. »Viel wahrscheinlicher ist doch, dass sie mit der Katze von Julia Thomas verwandt ist – dass sie von dieser Katze abstammt. Aber selbst das würde ich nicht glauben. Die Katze auf dem Bild muss vor mehr als hundert Jahren in Arizona gelebt haben. Josie haben Mom und Dad aus einem Tierheim in Chicago.«

Henry schüttelte den Kopf. »Wenn Josie nur von der schwarzen Katze im Saloon abstammt, so wie wir von Onkel Hank, dann erklärt das noch nicht, woher sie so viel über die Gegend hier weiß. Und es erklärt auch nicht ihre komische Reaktion auf die Bibliothekarin.«

Simon dachte nach. »Aber überleg dir das mal, Hen. Wenn Josie wirklich die Katze von Julia Thomas wäre und die Bibliothekarin der ersten Julia Thomas so sehr ähnelt, wieso hätte Josie dann bei ihrem Anblick so aufgeregt sein sollen?«

Darauf fiel Henry keine gute Antwort ein.

»Na ja, mit einer Sache hat Henry aber Recht«, mischte sich Delilah ein. »Diese Katze sieht genauso aus wie Josie. Ich frage mich, wer das Bild gemalt hat – es ist nicht signiert. Meint ihr, es steht auf der Rückseite?«

Vorsichtig drehte sie den Bilderrahmen auf dem Teppich um. Die Rückseite bestand aus einer dünnen Holzplatte; Henry vermutete, dass auf ihr das Papierblatt befestigt war.

»Können wir die abnehmen und nachsehen?«, fragte Delilah. »Ohne das Bild zu beschädigen?«

»Versuchen wir's mal«, sagte Simon. »Gebrochen ist der Rahmen sowieso schon.« Er zog vorsichtig die Seitenteile des Rahmens ab, die Holzplatte löste sich und er konnte sie herausnehmen. »So. Hat der Künstler es signiert?«

Er legte die Holzplatte beiseite und sie rissen alle die Augen auf. Darunter kam ein kleines, zusammengefaltetes Stück elfenbeinfarbenes Briefpapier zum Vorschein, das zwischen dem Papierbogen und der Platte geklemmt hatte.

»Das muss eine Nachricht oder eine Notiz sein oder so«, sagte Simon langsam. Er faltete den Zettel vorsichtig auseinander.

»Was steht da drauf?«, krähte Jack und wippte auf den Knien. »Lies vor!«

Simons Augen wurden groß, während er laut vorlas: *»Der Eingang zum Canyon befindet sich an der Ostwand, hinter einer Gruppe großer Felsbrocken. Gegenüber von den Felsbrocken wachsen zwei Pappeln. Der Eingang ist schmal, kaum breiter als die Schultern eines Mannes. Weitergehen in Richtung Pferd, bis der krumme Baum sich in die Nadel einfädelt.«*

»Das ist der Weg zur Goldmine!«, rief Jack.

»Pst, Jack«, sagte Simon. »Stimmt, das ist genau die Wegbeschreibung … und schaut! Es gibt auch eine Karte.« Er hielt ihnen den Zettel so hin, dass sie die kleine, einfache Zeichnung unter den Anweisungen sehen konnten. Sie zeigte den geheimen Canyon mit dem Pferdefelsen und dem Eingang zur Mine. Über der Karte standen ordentlich einige Zeilen geschrieben, in einer sauberen, schräg gestellten Schrift.

»Menno«, ächzte Jack. »Die hätten wir gut gebrauchen können. Guckt, da ist alles drauf. Mit der hätten wir die Mine sofort gefunden.«

»Die Handschrift.« Delilah runzelte die Stirn. »Die kenne ich irgendwoher. Ist es dieselbe wie auf dem anderen Zettel?«

»Glaube nicht.« Henry dachte an den Tag im Canyon zurück, als sie nach der Mine gesucht hatten. Er hatte die Anweisungen auf dem kleinen Zettel aus dem Geheimfach in Onkel Hanks Münzdose wieder und wieder gelesen. Es war eine andere Handschrift gewesen, aber diese hier – da hatte Delilah Recht – kam ihm auch bekannt vor.

»Wahrscheinlich hat jemand den Zettel abgeschrieben«, sagte Simon. »Aber wir vergleichen sie am besten mal, um sicherzugehen. Du hast ihn doch wieder in die Münzdose getan, Hen, oder?«

Henry nickte. In Wirklichkeit waren es erst ein paar Wochen, doch es kam ihm vor, als wäre es eine Ewigkeit her, dass sie die Goldmine gefunden hatten und mit der Wegbeschreibung und Jacks Handvoll winziger Goldflocken zurückgekehrt waren. »Aber wozu die Karte hier verstecken, hinter dem Bild von Julia Thomas?«

»Keine Ahnung«, sagte Simon. »Und schaut – auf der eigentlichen Rückseite des Papierbogens steht nichts. Keine Signatur, gar nichts.«

»Ich frage mich, wer das Bild wohl gemalt hat«, sagte Delilah leise. »Und wer die Wegbeschreibung dahinter versteckt hat.«

Simon nickte. »Es lässt sich kaum sagen, ob derjenige wollte, dass sie gefunden wird oder dass sie *nicht* gefunden wird. Ich meine, Julia Thomas war es schließlich, der Jacob Waltz vor seinem Tod von der Mine erzählt hat.«

Simon gab den Zettel Delilah, dann setzte er den Bilderrahmen rasch wieder zusammen, verstaute ihn in seinem Rucksack und schob ihn unter sein Bett.

»Gehen wir runter zu Onkel Hanks Schreibtisch«, sagte er, »und schauen uns die Handschrift auf dem anderen Zettel an.«

# KAPITEL 9
# Schlüssel zur Vergangenheit

Als sie den Flur hinuntergingen, kam Mrs Barker gerade aus ihrem Arbeitszimmer. »Delilah«, sagte sie und lächelte. »Ich dachte doch, ich hätte deine Stimme gehört.«

»Hallo, Mrs Barker. Ist es okay, wenn ich so früh komme?«

»Aber ja. Du bist hier stets willkommen. Eigentlich wollte ich deine Mutter und dich demnächst mal abends zum Kochen einladen. Vielleicht heute Abend? Zusammen mit Emmett und Kathy, solange sie noch da ist. Weißt du, ob ihr schon etwas vorhabt?«

»Nein, glaube nicht – das wäre toll!«

»Dann rufen wir nachher am besten mal deine Mutter an. Was habt ihr vier denn so früh am Morgen vor?«

Sie sahen einander unsicher an. »Wir wollen uns nur Onkel Hanks Münzensammlung noch mal ansehen«, sagte Simon. »Unten im Sekretär. Dürfen wir?«

»Macht nur. Den muss ich irgendwann mal ausmisten.« Sie verschwand mit ihrem Kaffeebecher in der Küche und die Kinder gingen hinunter in den Keller.

Onkel Hanks alter Rollladensekretär, dessen Inhalt seit Mrs Barkers letzter groß angelegter Aufräumaktion nach dem Umzug in nur zwei große Schubladen passte, stand in der Ecke. Delilah faltete den Zettel aus dem Bilderrahmen vorsichtig auseinander und legte ihn auf die Schreibfläche. Simon holte die rostorange rechteckige Dose aus der zweiten Schublade, ließ das Geheimfach aufgleiten und holte das eingerissene, vergilbte Papier hervor. Dann legte er es neben die andere Wegbeschreibung und machte die Schreibtischlampe an. In dem glühenden Lichtkegel sah Henry deutlich, dass es sich um zwei verschiedene Handschriften handelte.

Delilah seufzte enttäuscht. »Das hat jemand anders geschrieben.«

»Ja.« Simon deutete auf den Zettel, den sie hinter dem Bild gefunden hatten. »Die Schrift sieht völlig anders aus, ganz ordentlich und klein. Und das ist richtige Tinte, kein Kuli.«

»Aber wieso kommt sie mir so bekannt vor?«, rätselte Delilah. »Ich könnte schwören, dass ich diese Handschrift schon mal gesehen habe.« Sie nahm den elfenbeinfarbenen Zettel hoch und musterte ihn.

»Wartet mal«, sagte Henry. »Das … das ist dieselbe Schrift wie in dem Anmeldebuch vom Hotel!« Er sah Delilah aufgeregt an. »Stimmt doch, oder?«

»Ja! Genau! Das hat Julia Thomas geschrieben. Daher kam mir die Handschrift bekannt vor. Aber was hat das zu bedeuten?«

»Es bedeutet, dass die Wegbeschreibung und die Karte von Julia Thomas persönlich stammen!«, sagte Simon triumphierend. »Ist doch voll klar. Wisst ihr noch? Emmett hat gesagt, als sie die Goldmine bei ihrer Bergtour zusammen mit diesen deutschen Brüdern nicht finden konnte, hat sie Karten gezeichnet, auf denen zu sehen war, wo die Mine nach Jacob Waltz' Angaben zu finden sein müsste, und sie an Goldsucher verkauft. Und irgendjemand hat diese Karte hier hinter ihrem Bild im Hotel versteckt.«

Jack hob den knitterigen Zettel aus der Münzdose hoch. »Aber was ist mit dieser Wegbeschreibung hier? Wer hat die geschrieben?«

Sie überlegten. »Jemand muss die Originalzeilen abgeschrieben und Onkel Hank gegeben haben«, sagte Henry. »Aber wer?«

»Jedenfalls nicht die Julia Thomas von der Bücherei«, erklärte Delilah nachdenklich. »Die hat ja genau dieselbe Handschrift wie die erste Julia Thomas. Wenn ich noch meinen Gips tragen würde, könnten wir sie jetzt direkt miteinander vergleichen.«

»Ja, genau«, sagte Simon. »Das war jemand anders. Weder die Julia Thomas von früher noch die von heute und auch nicht Onkel Hank. Vielleicht jemand, der ihm bei der Suche nach der Goldmine geholfen hat?«

Henry zog die Schreibtischschublade ganz auf und stützte sie mit dem Knie ab, damit sie nicht rausfiel. »Was ist mit den ganzen Briefen und Postkarten?«, fragte er. »Die haben wir uns noch gar nicht angesehen.« Er zog den mit einem Bindfaden zusammengehaltenen Stapel hervor, den sie am Ferienanfang gefunden hatten, als sie zum ersten Mal in Onkel Hanks Schreibtisch herumgestöbert hatten. Damals hatte Henry die alten Briefe nicht weiter beachtet, weil er sich nicht hatte vorstellen können, was so toll daran sein sollte. Nun würden sie ihnen vielleicht den entscheidenden Hinweis liefern, wer den Zettel aus der Münzdose geschrieben hatte.

»Das ist eine super Idee, Hen«, sagte Simon begeistert und wie immer, wenn Simon ihn lobte, schwoll Henrys Brust vor Stolz an. Es bedeutete ihm fast mehr als ein Lob ihrer Eltern, weil Simon damit sparsamer umging und man viel mehr dafür leisten musste. Außerdem wusste Henry, dass Simon nie etwas Nettes sagte, nur um ihn zu ermutigen oder aufzumuntern.

Henry bekam den Knoten mit seinen kurzen Fingernägeln nicht auf, darum übernahm Delilah die Sache. Es dauerte einen Moment, dann wickelte sie die Schnur ab und fächerte die Briefe und Postkarten auf, damit sie sich einen Überblick verschaffen konnten. Plötzlich fiel etwas Schweres aus dem Stapel und plumpste auf den Teppich.

»Was ist das?«, fragte Jack und bückte sich danach.

Aber Simon war schneller. »He …«, sagte er und hielt es hoch.

Es war ein rostiger Schlüssel. Simon griff in seine Hosentasche und holte den Schlüssel von Zimmer fünf heraus, den er aus der Geisterstadt mitgenommen hatte.

Die beiden Schlüssel sahen ganz ähnlich aus. Henry schnappte nach Luft.

»Das muss der für Zimmer sechs sein! Wo Julia Thomas übernachtet hat!«

# KAPITEL 10
# Perfekte Übereinstimmung

»Wisst ihr, was das bedeutet?«, flüsterte Simon aufgeregt.

Delilah beugte sich vor und warf die Postkarten und Briefe vor Begeisterung wie Konfetti auf den Teppich. »Es bedeutet, euer Onkel Hank ist im Black Cat Hotel und Saloon gewesen! Und er hat den Schlüssel von Julia Thomas' Zimmer mitgenommen.«

»Oder jemand hat ihn ihm gegeben«, sagte Henry. »Wieso war der Schlüssel in diesem Stapel Briefe? Vielleicht ist er aus einem Umschlag rausgerutscht.«

Simon fuhr sich mit der Hand durch die Haare, die nun stachelig abstanden. »Jedenfalls hatte er den Schlüssel. Also können wir davon ausgehen, dass er in ihrem Hotelzimmer gewesen ist.«

»Meint ihr, er hat da was gefunden?«, fragte Jack aufgeregt. »Vielleicht ja das GOLD!«

»Möglich.« Simon rieb sich immer noch die Haare und runzelte leicht die Stirn. »Aber diese Zimmer waren praktisch leer geräumt.«

»Sehen wir uns die Karten und Briefe mal an«, schlug Delilah vor. »Vielleicht passt ja irgendeine Schrift zu dem Zettel aus der Münzdose und vielleicht können wir rauskriegen, ob der Schlüssel in einen der Briefe gehört.«

»Okay.« Simon hielt den Zettel hoch, so dass ihn alle sehen konnten. »Sucht nach einer solchen Schrift.«

»Ständig willst du, dass wir Sachen LESEN«, maulte Jack. »Und ich kann noch nicht lesen. Das ist unfair.«

»Du lernst dieses Jahr noch lesen, in der ersten Klasse«, sagte Henry. »Und die Buchstaben kennst du alle schon. Man muss gar nicht lesen können, um Handschriften zu vergleichen – man braucht sich nur die Buchstaben genau anzugucken, zum Beispiel das große F und das K oder wie die As aussehen.«

»Ja, genau«, fügte Delilah hinzu. »Stell dir vor, du bist ein Detektiv. Es ist genauso, als ob du herauskriegen möchtest, ob zwei Bilder vom selben Künstler sind.«

»Stell dir vor, du bist Encyclopedia Brown«, ermutigte Henry ihn. »Weißt du noch, wie ich dir die Bücher vorgelesen habe und wir immer versucht haben aus den Hinweisen schlau zu werden? Genau so was hier würde Encyclopedia Brown machen.«

Jack guckte nicht mehr ganz so mürrisch. »Na gut«, gab er sich geschlagen. »Ich bin ein guter Detektiv.«

Simon legte die beiden Schlüssel oben auf den Sekretär. Sie kauerten sich im Kreis auf den Teppich und gingen die Korrespondenz durch. Es gab Postkarten von verschiedenen Freunden ihres Onkels, mit bunten Fotos von weißen Stränden und alten Kirchen und Großstädten in der Nacht. Wenn Henry sie umdrehte, standen dort fröhlich hingekritzelte Botschaften von diesen weit auseinanderliegenden Schauplätzen. Er fand eine Postkarte von ganz weit weg aus Australien – Australien! – und eine aus Las Vegas, mit einem neonhellen Casino darauf. Es gab sogar ein paar Postkarten, die seine eigene Familie aus dem Urlaub geschickt hatte. Es war witzig, liebevolle Nachrichten seines Vaters an Onkel Hank zu lesen, die er ihm vor Jahren geschrieben hatte, manche sogar noch vor Jacks Geburt. Es kam Henry merkwürdig vor, dass diese Briefe immer noch existierten, nicht jedoch Onkel Hank. Er betrachtete das eckige Gekrakel seines Vaters und versuchte ihn sich in diesem Moment vorzustellen, einen jungen Vater mit kleinen Kindern, der an seinen geliebten Onkel schrieb.

»Hört euch das mal an«, sagte er und hielt eine Postkarte hoch, die Mr Barker von ihrem Campingurlaub im Yellowstone-Nationalpark geschickt hatte. *»Yellowstone ist sensationell – haben uns gestern die heißen Quellen angesehen. Außerdem jede Menge Büffel. Wir müssen hier noch mal her, wenn die Kinder größer sind. Camping mit Windeln macht nicht so viel Spaß! Lieben Gruß, Jim und die Bande.«*

Simon grinste. »An die Reise erinnere ich mich! Da haben wir Bären gesehen.«

»BÄREN!«, rief Jack. »War ich auch mit? Ich hab noch nie einen Bären gesehen.«

»Na ja, da warst du noch ein Baby«, sagte Henry. »Guck dir das Datum an – du warst zwei. Ich kann mich ja kaum daran erinnern.« Er hatte nur eine ganz verschwommene Erinnerung an ein grünes Zelt auf einem Campingplatz im Wald und an seinen Vater, wie er ihn hochhielt, damit er über einem Holzgeländer das dampfende türkisfarbene Wasser der heißen Quellen sehen konnte. Aber jetzt fragte er sich, ob er sich wirklich daran erinnerte oder nur an das Anschauen der Urlaubsfotos später. Es war total lange her.

»Das ist unfair«, maulte Jack. »Ihr durftet euch BÄREN angucken.«

»Du hast sie auch gesehen«, sagte Simon. »Ist doch nicht unsere Schuld, dass du es nicht mehr weißt.«

Jacks Miene verdüsterte sich und Henry sah, wie er eine Faust ballte und drauf und dran war, Simon zu hauen.

Henry versuchte zu vermitteln. »He –«

Doch Delilah sprang rettend bei. »Jungs, schaut mal.« Sie hielt eine gefaltete blaue Briefkarte in der einen Hand und den zerschlissenen Zettel mit der Wegbeschreibung zur Goldmine in der anderen. »Ich hab sie!«

Henrys Herz schlug schneller. Er konnte sehen, dass die großzügigen, runden Buchstaben auf der blauen Karte mit denen auf der Wegbeschreibung übereinstimmten. »Das ist dieselbe Schrift! Von wem ist die Karte?«

»Da sind Initialen vorne drauf.« Delilah zeigte ihnen die in das blaue Papier geprägten Buchstaben PAC. Das

A war größer als die anderen beiden Buchstaben und stand richtig als Dreieck genau mittig zwischen ihnen.

»Das ist ein *Monogramm*«, berichtigte Henry sie.

»Das A ist am größten«, fügte Simon hinzu. »Also ist die Karte von jemandem, dessen Vorname mit einem P anfängt und der Nachname mit einem A.«

Aber Delilah hatte die Karte aufgeklappt und war in das Geschriebene vertieft. »Wow«, sagte sie langsam.

»Was ist?«, wollte Simon wissen. »Was steht da?«

»Es ist …« Sie konnte ihren Blick nicht von dem blauen Papier losreißen.

»Nun mach schon!«, drängte Jack. »Lies vor!«

Delilah sah Henry an und runzelte die Stirn. »Ich weiß nicht. Das ist … privat.«

Simon schüttelte ungeduldig den Kopf. »Sobald man gestorben ist, gibt es nichts Privates mehr.«

Er wollte ihr die Karte wegnehmen, aber Delilah hielt sie fest. Henry fragte sich, ob Simon Recht hatte. Verlor man seine Privatsphäre, wenn man starb? Hieß das, dass andere dann ruhig alle deine Geheimnisse erfahren durften? Das kam ihm irgendwie nicht richtig vor, aber Simon hatte es mit solcher Bestimmtheit gesagt.

»Nein. Ich lese sie vor.« Delilah entriss die Karte seinem Griff, schleuderte ihren langen Zopf über die Schulter, senkte den Kopf und las langsam: *»Liebster, tut mir leid wegen heute. Ich möchte, dass Du findest, was Du suchst. Hier ist der Schlüssel. Den wichtigeren hast Du längst … den Schlüssel zu meinem Herzen. Für immer Dein, Prita.«*

# KAPITEL 11
# Die Eine

»Örks«, machte Jack und rümpfte die Nase. »Das ist ja voll der Schmuse-Kitsch.«

»Ist es gar nicht«, entgegnete Delilah entschieden. »Ich finde es schön.«

»Der Schlüssel!«, sagte Henry. »Diese Frau hat nicht nur die Wegbeschreibung zur Goldmine abgeschrieben … sie hat Onkel Hank auch den Schlüssel zu Zimmer sechs gegeben!«

»Wie heißt sie noch mal?« Simon nahm sich die Karte. »P-r-i-t-a … Prita? Wie Rita? Nie von ihr gehört. Muss wohl Onkel Hanks Freundin gewesen sein.«

»Mehr als bloß eine Freundin«, widersprach Delilah. »Seine große Liebe.«

»Das kann man doch anhand eines einzigen Briefes gar nicht sagen«, erklärte Simon.

»Ist ja nicht nur einer. Schau.« Delilah holte aus dem verstreuten Haufen Post ein dickes Päckchen der blauen Karten hervor, das von einem Band zusammengehalten wurde. Nicht von einer Schnur wie ursprünglich der ganze Stapel Post, sondern von einem schmalen weißen Stoffband.

»Liebesbriefe?«, fragte Henry verblüfft. »Aber Onkel Hank war doch angeblich ein Spieler.« Mit diesem Wort hatte Mrs Barker seinen Onkel einmal beschrieben und damit – verwirrenderweise – etwas Schlechtes gemeint: einen Mann, der mehrere Freundinnen gleichzeitig hatte oder immer eine Freundin nach der anderen, ohne dass die Beziehungen lange hielten. Henry musste Delilah Recht geben, die Worte auf der Karte lasen sich nicht so, als würden sie von einer Frau stammen, deren Partner noch andere Freundinnen hatte.

»Wir lesen die am besten mal.« Simon hielt Delilah die offene Hand hin, aber sie versteckte die Karten hinter ihrem Rücken.

»Nein. Wir hätten nicht mal die eine lesen dürfen. Die waren einzig und allein für euren Onkel Hank bestimmt.«

»Was redest du da?« Simon funkelte sie an. »Ist doch nicht deine Entscheidung.«

Henry hätte beinahe gelacht, weil Jack sonst immer so etwas zu Simon sagte. Und da gab Jack auch schon seinen Senf dazu.

»Genau! Du bist doch hier nicht die Bestimmerin!«

Delilah ließ sich nicht aus der Fassung bringen. »Wir sollten sie dieser Prita zurückschicken. Alles andere wäre nicht richtig.«

»Aber das sind Onkel Hanks Briefe!«, protestierte Simon. »Die gehören jetzt uns.«

Henry überlegte. Hatten sie die Briefe geerbt wie die ganzen anderen Sachen im Haus ihres Onkels? Oder gehörten sie nach seinem Tod wieder der Frau, die sie geschrieben hatte?

»Na gut«, sagte Delilah bestimmt und sprang auf. »Dann fragen wir eben eure Mutter, was sie davon hält.«

Simon ächzte. »Du bist echt eine Petze.«

»Genau!«, rief Jack. »Du PETZE!«

»Ihr sagt doch, dass es nicht schlimm ist, die zu lesen«, erwiderte Delilah. »Wenn das stimmt, warum habt ihr dann Angst, eure Mutter zu fragen?«

»Mensch, Delilah, du weißt genau, dass unsere Mutter daran irgendwas Schlimmes finden wird«, sagte Simon. »So sind Mütter eben.«

Wie aufs Stichwort drang Mrs Barkers Stimme die Kellertreppe hinunter. »Was schreit ihr denn so?«

Delilah stand startbereit da, das Bündel Karten hinter dem Rücken versteckt. Sie schoss Simon einen herausfordernden Blick zu.

Er verdrehte genervt die Augen. »Nichts, Mom. Jack und Delilah streiten sich bloß.«

Jack starrte ihn empört an, aber sie konnten hören, dass ihre Mutter immer noch oben am Kopf der Treppe stand.

»Jack«, rief sie, »willst du vielleicht lieber mal für eine kleine Pause hierher nach oben kommen?«

»Nein!«, rief Jack. »Ich hab überhaupt nichts gemacht!«

»Ist schon gut, Mom«, mischte sich Henry ein. »Wir regeln das schon.«

Ihre Mutter war ein großer Fan von eigenen Lösungen. Es war ihr deutlich lieber, wenn die Jungen ihre Auseinandersetzungen untereinander regelten, selbst wenn es dabei ungerecht zuging, als dass sie zur Schiedsrichterin berufen wurde. Das hatten die drei auf die harte Tour gelernt; da konnte einer von ihnen noch so eindeutig Recht haben, Mrs Barker schickte alle Beteiligten auf ihr Zimmer, damit sie sich wieder beruhigten. Ihre übliche Warnung lautete: »Überlasst es nicht mir, das zu regeln, sonst wird am Ende keiner zufrieden sein.«

Mr Barker dagegen liebte es, den Schiedsrichter zu spielen … und je banaler die Meinungsverschiedenheit, desto besser. Er entschied einseitig, wer den letzten Keks bekommen sollte, wer den Streit über den besten Superhelden gewonnen und wer sich am meisten Mühe bei der Mithilfe im Haushalt gegeben hatte. Wenn mal ein

Spiel aus dem Ruder lief, sprang er mit Vorschlägen bei, anstatt wie ihre Mutter zu versuchen die Sache zu beenden. Als sie letztes Mal Haiangriff gespielt hatten, hatte er sogar Jacks Versuch unterstützt, Simon an seinen Füßen über den Teppich zu ziehen, denn den Spielregeln zufolge war Jack der große weiße Hai.

Im Gegensatz zu ihrer Mutter hörte ihr Vater sich auch gern erst alle Seiten an – je belangloser die Beschwerden und Vorwürfe, desto mehr interessierte es ihn – und fällte dann ein endgültiges Urteil, wie ein Richter im Gerichtssaal. Das Gute an Mr Barker war, dass er selbst mit Brüdern aufgewachsen war und sich entsprechend gut mit Kämpfen und der Bedeutung von Siegen auskannte. Das Schlechte war, dass man nie sicher sein konnte, was bei seinen Entscheidungen herauskam. Immerhin bevorzugte er niemanden regelmäßig.

»Ja, wir regeln das schon«, sagte Jack verzweifelt und bedachte Simon mit einem finsteren Blick.

»Gut, aber ohne weiteres Geschrei«, warnte Mrs Barker. »Ach, und Delilah? Könntest du deine Mom mal anrufen und fragen, ob das heute geht mit dem Abendessen? Wenn ja, rufe ich meinen Mann an, damit er auf dem Heimweg noch ein paar Sachen mitbringt.«

»Natürlich«, sagte Delilah höflich. »Ich rufe sie gleich mal an.« Sie klemmte sich das Bündel blaue Briefkarten fest unter den Arm und trat neben das Telefon.

Kaum verschwanden oben Mrs Barkers Schritte den Flur entlang, drehte Delilah sich zu Simon um, der kochte. »Ich sag euch, was wir tun können. Wir machen diese Frau namens Prita ausfindig. Dann können wir ihr die Briefe zurückgeben und sie nach eurem Onkel Hank fragen … und nach dem Schlüssel und der Wegbeschreibung zur Goldmine. Vielleicht weiß sie etwas über die Kerzenkiste voll Gold.«

»Das ist eine gute Idee«, sagte Henry, obwohl ihm klar war, dass sie das wahrscheinlich nur vorschlug, um von dem Streit über das Lesen der Liebesbriefe abzulenken.

Simon murrte. »Wie sollen wir das denn machen? Wir wissen doch gar nicht, wo sie wohnt.«

»Wir können im Telefonbuch nachsehen«, antwortete Delilah gelassen.

»Ähm, nein, können wir nicht. Weil wir ihren Nachnamen nicht kennen.«

»Aber wir haben ihre Initialen«, sagte Delilah.

»Telefonbücher listen die Leute doch nicht nach ihren Anfangsbuchstaben auf, du Doofi. Und wir wissen nicht mal, ob sie überhaupt hier in der Gegend wohnt.«

»Ja, das ist total BEKNACKT«, fügte Jack hinzu.

Henry dachte einen Moment nach. »Wir könnten Emmett fragen. Der kennt hier anscheinend viele Leute. Und Prita ist ein komischer Name – davon kann's nicht allzu viele geben.«

»Ich verstehe immer noch nicht, wieso wir die Briefe nicht lesen können«, beschwerte sich Simon. »Was ist schon dabei?«

»Die sind *privat*«, beharrte Delilah. »Was, wenn er ihre wahre Liebe gewesen ist?«

»Onkel Hank hatte haufenweise Freundinnen. Wie kommst du darauf, dass sie so etwas Besonderes ist?«

»Ich weiß es eben einfach.« Delilah schob das Kinn vor. »Ich glaube, sie war … die *Eine*.«

»Die eine was?«, hakte Jack nach.

Henry sammelte die restlichen Postkarten ein, wickelte die Schnur darum und ließ sich Delilahs Bemerkung durch den Kopf gehen. »Sie meint die *Eine*. Den einen besonderen Menschen, der von Anfang an für ihn bestimmt gewesen ist.«

»Das ist ja lächerlich«, höhnte Simon. »Es gibt Milliarden Menschen auf der Welt. Du meinst, da gibt es für jeden von uns nur EINEN richtigen?«

»Ja«, antwortete Delilah prompt. »Das hat mein Dad immer gesagt.«

Henry wandte sich verblüfft zu ihr um, aber sie nahm bereits den Hörer ab und drückte rasch eine Tastenfolge. »Mom? Hallo, ich bin's. Ich bin bei den Barkers. Nein, alles okay. Mrs Barker möchte wissen, ob wir heute Abend zum Essen rüberkommen können. Mit ihrer Tante Kathy und Emmett Trask – erinnerst du dich noch an Emmett? Toll! Gut, ich sag's ihr. Ja, mach ich. Tschüs.«

Sie wandte sich wieder zu den Jungen um und drückte sich das Briefbündel immer noch an die Seite. »Die behalte ich. Ich soll eure Mom fragen, wann wir rüberkommen und was wir mitbringen sollen.« Damit hüpfte sie die Stufen hinauf.

Am Abend erschienen Tante Kathy und Emmett mit einer großen gelben Schüssel Kartoffelsalat und Delilah und ihre Mutter brachten Krautsalat mit. Mrs Barker stand am Küchentresen und formte mit flinken Händen Burger, während Mr Barker eine Auswahl »Beilagen« zurechtstellte, wie er das nannte – Flaschen mit Ketchup, Senf und Mayonnaise und ein Tablett mit Tomatenscheiben, Zwiebelringen und Salatblättern.

Kaum ging Emmett hinaus auf die Terrasse, fort von den anderen Erwachsenen, da umringten ihn Delilah und die Jungen.

»Kennen Sie hier in der Gegend eine Frau, die Prita heißt?«, fragte Delilah.

»Sicher«, sagte Emmett. »Prita Alchesay.«

Delilah stieß Henry mit dem Ellbogen an und grinste. »Genau die Initialen!«, flüsterte sie. »P. A.« Henry erwiderte ihr Grinsen. Nicht zu fassen, wie einfach das gewesen war! Sie würden sie tatsächlich finden.

»Du kennst sie?«, fragte Simon ungläubig.

»Aber ja.«

»Komischer Name«, sagte Jack.

»Eigentlich nicht«, sagte Emmett. »Das ist Apache.«

Jack hüpfte auf den Zehen. »Apache! INDIANISCH? Ist sie eine richtige lebende Indianerin?«

Emmett lachte. »Ja, Jack. Es gibt hier eine ganze Menge richtige lebende Indianer. Sie haben hier schon vor allen anderen gelebt und es gibt hier in der Gegend nach wie vor Leute mit Apachenwurzeln.«

»Cool!«, rief Jack.

»Wohnt sie hier in Superstition?«, fragte Henry.

»Ja. Und eigentlich ganz bei mir in der Nähe.« Emmett lehnte sich gegen das Geländer der Holzterrasse. »Wieso fragt ihr?«

»Ach, nur so«, sagte Simon. »Onkel Hank war mit ihr befreundet.«

»Hm. Jetzt, wo ihr es erwähnt, fällt mir ein, dass ich sie mal zusammen gesehen habe. Und es liegt eigentlich auf der Hand, dass sie sich ganz gut verstanden haben dürften.«

Bevor sie ihn mit weiteren Fragen löchern konnten, kam Tante Kathy auf limonengrünen Sandalen mit sehr hohen Absätzen herübergestöckelt. Sie trug ein leichtes Sommerkleid mit einem weiß-grünen Blumenmuster und hatte eine winzige Handtasche im passenden Grün über dem Arm hängen. Ihren anderen Arm legte sie um Emmett und strahlte ihn an. »Na, was redet ihr denn so Spannendes?«

Henry betrachtete ihr leuchtendes Gesicht mit den rosigen Wangen und begriff, dass er sie noch nie so glücklich erlebt hatte. Ihr schien immer richtig ein bisschen schwindelig zu sein, wenn sie mit Emmett zusammen war … als wäre sie auf dem Rummelplatz und hätte gerade die lustigste Karussellfahrt ihres Lebens erlebt.

»Meinst du, dass es für jeden einen ganz bestimmten Menschen gibt?«, fragte er sie plötzlich. »Einen Menschen, mit dem man zusammengehört?«

Tante Kathy legte den Kopf schief. Ihre Augen funkelten. »Oh, das ist eine interessante Frage. Und glaub mir, darüber habe ich schon öfters geredet. Sind wir dazu bestimmt, mit einem ganz bestimmten Menschen zusammen zu sein? Hat jeder Mensch einen Seelenverwandten? Und wie wäre es damit: Werden wir diesen Menschen überhaupt erkennen können, wenn wir ihm endlich begegnen?«

Emmett warf ihr einen tolerant-belustigten Blick zu. »Und wie siehst du das?«

»Nun, das wird dich wahrscheinlich überraschen, Schatz, aber ich bin im Grunde eine Pragmatikerin.« Sie lehnte sich neben Emmett an das Geländer und legte ihren Kopf an seine Schulter. »Ich denke, der Glaube an den Einen oder die Eine hat vielen Menschen viel Kummer bereitet. Sie warten darauf, dass bei ihnen der Blitz einschlägt – Liebe auf den ersten Blick. Sie glauben, sie werden einfach WISSEN, welcher Mensch der richtige für sie ist. Aber im Ernst, so funktioniert das mit der Liebe nicht. Dabei geht es darum, eine Wahl zu treffen … dich zu entscheiden, jemanden zu dem oder der Einen zu machen.«

Emmett nickte nachdenklich und sah die Jungen an: »Hört auf eure Tante. Sie ist ein Genie, was diese Dinge betrifft.«

»Kathy ist ein Genie?«, warf Mr Barker ein, der gerade zum Grill ging. »Dann muss ich das hören.«

Henry kam der Gedanke, dass sein Vater wahrscheinlich auch eine interessante Meinung zu dem Thema hatte. »Glaubst du, dass es für jeden einen ganz besonderen Menschen gibt, Dad?«

»Der für einen bestimmt ist?«, erläuterte Delilah.

Simon schnaubte. »Einer von den sieben Milliarden Menschen auf der Erde.«

»Ja«, antwortete Mr Barker prompt. »Aber daraus wird nicht unbedingt etwas, also muss man bereit sein, sich auch mit dem zweitbesten Menschen abzugeben. Wie ich mit eurer Mutter.«

»WAAS?«, riefen die Jungen alle zugleich.

»Laura Milner«, sagte ihr Vater verträumt.

Mrs Barker öffnete, das Tablett mit den Burgerscheiben an die Hüfte gestützt, die Schiebetür und folgte Delilahs Mutter auf die Terrasse. »Ach du lieber Himmel, lasst ihn bloß nicht von Laura Milner anfangen.«

»Sie hatte das Gesicht eines Engels.« Ihr Vater seufzte.

Mrs Barker verdrehte die Augen. »Und die Beine einer Tänzerin, nicht zu vergessen.«

Tante Kathys volles, ansteckendes Lachen hallte durch die Nacht. »Laura Milner! An die habe ich seit einer Ewigkeit nicht mehr gedacht.«

Henry sah in völliger Verwirrung zwischen seinen Eltern hin und her. Er wusste, dass sein Vater vor ihrer Heirat mehrere Freundinnen gehabt hatte, was ehrlich gesagt schon beunruhigend genug war – aber von dieser Laura Milner hörte Henry gerade zum ersten Mal.

»Von der hast du noch nie was erzählt«, sagte er fassungslos zu seinem Vater.

»Weil er ja auch kein einziges Mal mit ihr ausgegangen ist«, erklärte Mrs Barker. »Sie wollte nichts mit ihm zu tun haben.«

»Tja, spielt aber keine Rolle.« Mr Barker zuckte mit den Schultern. »Sie war die Eine.«

»Die Eine, die entkommen konnte?«, fragte Mrs Dunworthy lächelnd.

Delilah machte ein entsetztes Gesicht. »Wenn sie wirklich die Eine war, wie konnten Sie sie dann entwischen lassen?«

Henry sah sie vorwurfsvoll an. Begriff sie denn nicht, dass Mr Barker seine Frau nie geheiratet hätte, wenn Laura Milner ihm nicht entwischt wäre … und Simon, Jack und er nie geboren worden wären?

Mrs Barker lachte. »Ach, Laura Milner ist ihm problemlos entwischt. So schnell sie konnte!«

»Und dann ist er bei dir hängengeblieben«, sagte Tante Kathy zu ihrer Schwester.

Mrs Barker lächelte. »Es war harte Arbeit, aber irgendjemand musste sich ja darum kümmern.«

Mr Barker zwinkerte Henry zu. »Siehst du? Für eure Mutter war ich der Eine.«

Henry kam zu dem Schluss, dass sie nur herumalberten, wie es Erwachsene gern taten … und die Sache nicht ernst nahmen. Simon sah das anscheinend genauso, denn er winkte den anderen Kindern. »Lasst uns bloß von hier verschwinden.«

Mr Barker hielt ihn an der Schulter fest. »Nicht so schnell, Kumpel. Ich lege die Burger jetzt auf den Grill.«

»Wir sind gleich wieder da«, versprach Simon. Er ging vor in die Küche, die jetzt frei von Erwachsenen war. »Wir brauchen das Telefonbuch«, sagte er leise und ging auf die Zehenspitzen, um an den Wandschrank über dem Küchentelefon heranzureichen. »Dann können wir ihre Adresse rausfinden.«

Delilah ergriff Henrys Hand und drückte sie. »Dann lernen wir Onkel Hanks wahre Liebe kennen«, flüsterte sie. Henry sah sie schüchtern an. Eine seltsame Wärme erfüllte seine Wangen.

»Von wegen«, sagte Simon barsch. »Aber –«, er

schlug das schmale Telefonbuch von Superstition auf und fuhr mit dem Finger ein dünnes graues Blatt entlang – »morgen werden wir Prita Alchesay besuchen, und zwar in Kentee Court 49.«

# KAPITEL 12
# Prita

Am nächsten Morgen, als die Sonne bereits wieder als sengende weiße Scheibe am Himmel stand, fuhren die Jungen mit ihren Rädern hinüber zu Delilah. Für Henry stand fest, dass es wieder ein heißer Tag werden würde. Hinter den Schrägdächern der Häuser ragten die dunklen, zerklüfteten Hänge des Superstition Mountain empor. Bei ihrem Anblick konnte Henry kaum glauben, dass sie es in den Ferien dreimal geschafft hatten, dort hinauf- und wieder herunterzusteigen. Oder dass sie es überhaupt wieder zurückgeschafft hatten. Vielen anderen Menschen war das nicht gelungen.

»Sie wohnt am Kentee Court?«, rief er Simon zu.

Simon nickte. »Wir fahren den Peralta Way runter und biegen eine Ecke hinter Delilahs Straße links ab. Die Sackgasse dort ist es.«

»Der Name von der Straße, wo sie wohnt …«, begann Henry.

»Ja, ich weiß. Ich hab den Namen auch erkannt. Aus einem der Bücher, die wir durchgesehen haben, oder? Hieß so nicht das Indianermädchen, das jemanden zur Goldmine geführt hat?«

»Ja, genau. Aber ich weiß nicht mehr, ob es sie wirklich gegeben hat oder ob das bloß eine Sagengestalt war.«

»Die, der sie die Zunge rausgeschnitten haben!«, rief Jack. »Weil sie verraten hat, wo das Gold ist.«

War ja klar gewesen, dass Jack sich daran erinnerte, fand Henry.

Delilah erwartete sie bei ihrer Auffahrt und saß schon auf ihrem Rad. »Ich hab die Briefe.« Sie deutete auf das mit dem weißen Band verschnürte Päckchen in dem Weidenkorb vor ihrem Lenker.

»Ich finde immer noch, wir sollten sie lesen«, brummte Simon. »Aber vielleicht erzählt uns diese Prita ja, was da drinsteht.«

»Meint ihr, wir sollten vorher anrufen?«, fragte Henry. »Wenn sie so alt ist, wie Onkel Hank war, und wir da einfach aufkreuzen, bekommt sie vielleicht Angst.«

Jack war bereits den halben Block hinuntergefahren und machte keine Anstalten, wieder anzuhalten.

»Ich glaube, das ist okay«, sagte Simon. »Wir sind doch nur Kinder. Da braucht sie keine Angst zu haben, dass wir sie ausrauben wollen. Und wir können ja Delilah klingeln lassen.«

»Klar, ich gehe vor«, sagte Delilah bereitwillig. Henry spürte, dass sie versuchte sich mit Simon gutzustellen – wahrscheinlich weil sie sich wegen der Liebesbriefe nicht einig waren. Es ärgerte ihn aus irgendeinem Grund.

Einige Minuten darauf erreichten sie das Ende von Kentee Court, wo ein kleines pfirsichfarbenes Stuckhaus stand, das an die Wüste grenzte. Das Haus sah gepflegt aus. Nichts rührte sich. Das Garagentor war geschlossen.

»Hier ist es«, sagte Simon. »Nummer 49. Ist anscheinend niemand zu Hause.«

Jack ließ sein Fahrrad scheppernd neben dem Briefkasten fallen und wollte die Auffahrt hinaufgehen, doch Henry hielt ihn zurück. »Warte, Jack. Erst mal geht Delilah, okay?«

»Aber ich will die Indianerin sehen!«

»Wirst du ja«, versicherte Simon ihm, »aber nur, wenn sie uns reinlässt. Bleib hier und lass Delilah klingeln.«

Delilah klappte mit dem Fuß ihren Fahrradständer aus, stellte das Rad an den Rand der Auffahrt und nahm das Bündel Briefe aus dem Korb. Die Jungen sahen zu, wie sie zur Tür ging. Sie warf ihren Zopf nach hinten und straffte die Schultern. Dann klingelte sie.

Nichts geschah.

Sie sah sich mit hochgezogenen Augenbrauen zu den Jungen nach hinten um und klingelte erneut.

»Vielleicht ist niemand zu Hause«, sagte Henry.

»Versuch's mal mit Anklopfen«, schlug Simon vor.

Delilah ballte eine Faust, schlug zweimal mit den Knöcheln an die Tür und wartete.

Wenig später öffnete sich die Tür einen Spalt und eine Frau mit langen silbergrauen Haaren stand auf der Schwelle. Sie hatte ein rundes, attraktiv gebräuntes Gesicht mit vielen Fältchen. Ihre Augen waren dunkel und glänzten.

»Ja?«, fragte sie. »Kann ich dir helfen?«

Henry konnte sehen, wie nervös Delilah war. »Heißen Sie Prita?«, fragte sie. »Prita Alchesay?« Sie hielt das blaue Kartenbündel hoch.

Die Frau keuchte auf und streckte prompt die Hände danach aus. »Meine Briefe! Woher habt ihr sie?«

»Kommt«, flüsterte Simon und die drei Jungen gingen zum Haus.

»Wir sind die Neffen von Hank Cormody«, erklärte Simon.

»Die Großneffen«, fügte Henry hinzu.

»Sind Sie eine richtige Indianerin?«, wollte Jack wissen. Er machte ein skeptisches Gesicht.

»Jack!«, ermahnte Simon ihn.

Pritas Lächeln ließ ihr ganzes Gesicht aufleuchten und sie drückte sich das Briefebündel mit beiden Händen an die Brust.

»Ich bin eine Apache«, erklärte sie Jack. »Eine Ndee, wie wir uns nennen.«

»Aber Sie sehen wie ein normaler Mensch aus«, sagte Jack erstaunt und Henry verzog bei der Vorstellung, dass er wohl Federn und einen Tomahawk erwartet hatte, das Gesicht.

»Na ja, ich bin ja auch einer«, sagte Prita. »Ihr seid also Verwandte von Hank! Kommt rein, kommt rein.«

Sie schwang die Tür auf und winkte sie in ihr kleines, ordentliches Haus. Von einer Klimaanlage im hinteren Teil kam ein kühler Luftzug und Prita führte sie dorthin, auf eine verglaste Veranda, die zum Superstition Mountain hin lag.

»Er hat oft von euch gesprochen«, sagte sie. »Wer von euch ist Henry?«

Henrys Herz machte einen Satz. Onkel Hank hatte ihr von ihm erzählt! Von *ihm*.

»Ich«, sagte er und sah zu ihr hoch.

»Ach, ich bin ja so froh, dass du gekommen bist.« Sie legte ihm eine Hand auf die Schulter. »Ich habe etwas für dich, Henry. Dein Großonkel hat mich gebeten, es dir zu geben.«

Henrys Augen wurden groß. »Was denn?«

»Ich muss es erst mal suchen. Ich weiß, ich hätte euch längst mal besuchen sollen, aber ich …« Sie brach ab und sagte dann schlicht: »Ich konnte die Vorstellung nicht ertragen, zu seinem Haus zu kommen und er ist nicht da.«

Delilah sah sie mit ernstem Gesicht an. »Er fehlt Ihnen.«

»Und wie. Jeden Tag.«

»Aber wieso haben wir nie von Ihnen gehört?«, wollte Jack wissen.

Henry fand es ebenfalls merkwürdig, dass Onkel Hank sie nie erwähnt hatte, wenn sie doch so wichtig für ihn gewesen war. Was hatte das zu bedeuten?

Prita setzte sich in einen Sessel bei den Fenstern und bedeutete den Kindern, sich auf die beiden Sofas zu setzen. »Euer Onkel und ich sind … Wir waren beide sehr …« Sie zögerte. »Auf unsere Privatsphäre bedacht.«

Der Blick, den Delilah Henry zuwarf, sprach Bände.

»Wir haben Ihre Briefe nicht gelesen«, sagte Simon rasch und Henry fand es ganz schön clever von ihm, jetzt die Lorbeeren dafür einzuheimsen, wo er es doch gewesen war, der sie unbedingt hatte lesen wollen.

»Danke. Das weiß ich zu schätzen.«

»Außer einen«, sagte Simon. »Der war nicht mit den anderen zusammengebunden und aus dem Umschlag ist ein Schlüssel gefallen.«

Prita hielt immer noch das kleine Bündel Briefkarten

im Schoß. Sie glättete das Seidenband, sah Simon abschätzend an und wartete darauf, dass er fortfuhr.

»Wir wissen, woher der Schlüssel stammt«, sagte Simon. »Er gehört zu Zimmer sechs im Black Cat Hotel und Saloon in Gold Creek. Und Onkel Hank hatte ihn von Ihnen.«

Prita zog die Augenbrauen hoch. Sie sah Simon an und schwieg. Henry fiel auf, dass sich dieses Nichtantworten für sie auszahlte, denn als das gähnende Schweigen langsam peinlich wurde, fühlte Simon sich zum Weiterreden gezwungen.

»Da hat Julia Thomas übernachtet. Wieso hatten Sie den Zimmerschlüssel?«

»Jemand hat ihn mir vor langer Zeit gegeben«, sagte Prita leise. »Weil ich helfen sollte, das Gold zu finden.«

»Wer?«, fragte Henry und senkte ebenfalls seine Stimme. »Wer hat Ihnen den Schlüssel gegeben?«

»Jemand, der nicht mehr lebt.«

Henry und Simon wechselten einen Blick.

»Wieso, was ist denn –«, begann Henry, doch Simon unterbrach ihn.

»Wir wissen, dass Sie Onkel Hank die Wegbeschreibung zur geheimen Holländermine gegeben haben – wir haben den Zettel gefunden, den Sie geschrieben haben. Und wir wissen, dass Onkel Hank zu der Goldmine gegangen ist. Wir wissen bloß nicht, ob er das Gold gefunden hat.«

Als Prita nichts sagte, verzog Simon das Gesicht. »Also … Wissen Sie, ob er je Gold aus der Mine geholt hat?«

Prita sah ihn unverwandt an. »Nein«, sagte sie schließlich. »Hat er nicht.«

Henry beugte sich vor und musterte ihr ruhiges Gesicht. »Aber wieso nicht?«

»Ich habe ihn davon überzeugt, es bleibenzulassen.«

Alle vier Kinder starrten sie an.

»Aber wieso denn?«, rief Jack. »Dann wäre er REICH geworden!«

Prita schüttelte den Kopf. »Nein. Er wäre gestorben.«

»Wie meinen Sie das?«, fragte Delilah. »Er *ist* gestorben.«

Prita seufzte, bündelte ihr langes Haar in einer Hand und warf es nach hinten über die Schulter. Sie starrte aus dem Fenster und ihr Blick wanderte den dunklen

Umriss des Superstition Mountain entlang. »Er wäre vor der Zeit gestorben. Einen schrecklichen Tod. Ein Tod voller Leid.«

Eine Vorahnung beschlich Henry und er wusste, was sie sagen würde, bevor sie es aussprach. Sie wandte sich wieder zu ihnen herum. »Ihr kennt den Berg nicht. Der Berg ist heilig. Wer aus dieser Mine Gold entnimmt, wird sterben.«

# KAPITEL 13
# Der tödliche Fluch

Henry konnte an nichts anderes als die Handvoll winziger Goldflocken denken, die Jack aus der Mine mitgenommen hatte. Jacks Augen waren riesengroß. Seine Unterlippe bebte. »Und wenn's nur ein ganz klein bisschen war?«

»Egal wie viel«, antwortete Prita. »Für den Donnergott spielt die Menge keine Rolle.«

»Aber …« Jacks Wangen waren knallrot. Henry spürte, dass er jeden Moment anfangen würde zu weinen.

Delilah merkte es ebenfalls und fragte rasch: »Und wenn es gar keine Nuggets sind, sondern nur winzige Stückchen? Nur Goldstaub?«

Prita schüttelte den Kopf. »Das spielt keine Rolle. Wer Gold aus der Mine holt, wird sterben.«

Jack konnte nicht länger die Fassung bewahren. »Ich werde STERBEN!« Er warf sich auf den Boden, vergrub das Gesicht in den Armen und schluchzte hemmungslos.

Henry hockte sich rasch neben ihn, wusste jedoch nicht, was er machen sollte. Aber Simon war ebenfalls zur Stelle und zog Jack hoch.

»Komm, Jack.« Simons Stimme war ruhig, nicht vorwurfsvoll. »Du weißt, dass es so was nicht gibt. Flüche und Geister gibt es nur in Geschichten. Du wirst nicht sterben. Das ist Quatsch.«

»Und ob ich sterben werde!«, schluchzte Jack. »Du hast sie doch GEHÖRT!«

Prita kniete sich hin und zog Jack, obwohl er dafür schon zu groß war, auf ihren Schoß. »Was ist denn passiert?«, fragte sie sanft. »Was hast du getan?«

»Ich hab Gold aus der Mine mitgenommen! Ich wusste es doch nicht!« Jack verbarg sein Gesicht an ihrer Schulter und weinte. »Und jetzt werde ich STERBEN!«

Auf Pritas Bluse breitete sich ein dunkler, feuchter Fleck aus.

Sie hielt Jack an sich gedrückt. »Dann musst du es

zurückbringen«, sagte sie schlicht. »Genauso wie euer Onkel damals.«

Jack hörte auf zu weinen, aber jetzt hatte er einen Schluckauf. »Sie haben gesagt, Onkel Hank hat kein Gold mitgenommen.« Er schluckte.

»Na ja, er hat es nicht behalten. Er hat es zurückgebracht.«

»Onkel Hank hat sich auch Gold geholt?«

Prita nickte und setzte ihn sanft auf den Fußboden. »Ich hole dir ein Glas Wasser.«

Kurz darauf kehrte sie mit einem blauen Plastikbecher und einer Schachtel Taschentücher zurück. Jack nahm den Becher dankbar entgegen und trank ihn in einem Zug aus. Delilah wischte ihm mit einem Tuch über die Wangen und Henry konnte nur staunen, dass er es so geduldig über sich ergehen ließ.

Prita setzte sich wieder in den Sessel. »So haben euer Onkel und ich uns kennengelernt.«

»Wann war das?«, fragte Simon.

Prita runzelte die Stirn und sah aus dem Fenster. »Vor zwölf Jahren.«

*Bevor auch nur einer von uns geboren war*, dachte Henry.

»Er suchte damals nach der Goldmine«, fuhr Prita fort, »und er wusste, dass ich von Kentee abstammte, dem Ndee- oder Apachenmädchen, das Jacob Waltz einst gezeigt hat, wo das Gold ist. Ich warnte ihn vor dem Donnergott, aber er glaubte mir nicht.«

»Sie sind mit Kentee verwandt?«, fragte Henry. »Dem Mädchen, dem man die Zunge herausgeschnitten hat? Ihre Straße ist nach ihr benannt.«

»Ja. Sie ist eine meiner Vorfahren.«

»Und wie ging es weiter?«, fragte Simon. »Hat Onkel Hank die Wegbeschreibung zur Goldmine bekommen?«

»Ja. Sie war auf dem Zettel, den ihr gefunden habt.«

»Aber wieso haben Sie das gemacht?«, fragte Henry. »Sie sagten doch, wenn er Gold aus der Mine geholt hätte, hätte der Donnergott ihn getötet.«

Prita seufzte und sah erneut aus dem Fenster. »Das kann ich jetzt unmöglich alles erklären. Ich habe ihm geholfen, weil er gesagt hat, dass er die Mine finden und nicht das Gold holen wolle. Euer Onkel war ein Abenteurer. Materielle Dinge interessierten ihn nicht. Er hat gesagt, dass er das Gold gar nicht wollte … Aber dann hat ihn die Suche nach dem Gold verändert, wie jeden anderen auch.«

»War es Goldfieber?«, fragte Henry. Davon hatte Emmett ihnen erzählt, von dem Wahn, der die Leute infizierte, die nach der Goldmine suchten, bis das Gold für sie wichtiger war als alles andere.

»Ja«, sagte Prita. »Es ist eine Krankheit. Die Gier nach Gold macht die Menschen verrückt – bis es das Einzige ist, an das sie noch denken können.«

»Also hat er Gold mitgenommen, als er die Mine gefunden hat?«, fragte Simon.

»Ja, er hat ein paar kleinere Nuggets eingesteckt, obwohl er mir versprochen hat, das nicht zu tun. Da hatten wir uns bereits … angefreundet.« Sie führte jetzt fast ein Selbstgespräch. »Das Gold, das Gold … Es war das Einzige, weswegen wir uns je gestritten haben. Ich sagte ihm, dass er mich nie wiedersehen würde, wenn er es behielte.«

»Also hat er es zurückgebracht«, sagte Delilah zufrieden. »Weil er Sie liebte.«

»Aber hat es funktioniert?«, fragte Henry. »Wenn man das Gold zurückbringt, wird der Fluch aufgehoben?«

»Ja«, sagte Prita. »Die Rückgabe des Goldes besänftigt den Donnergott. Also stieg Hank um meinetwillen wieder auf den Berg und legte das Gold zurück in die Mine. Und dann fing er an, nach dem Totenschatz zu suchen.«

Simon schüttelte verwirrt den Kopf. »Dem von Jacob Waltz? Aber das ist doch auch Gold aus der Mine, oder? Wieso macht das einen Unterschied? Es wurde doch genauso dem Berg gestohlen.«

»Ja. Aber der Donnergott straft nur den, der es holt. Wenn dieser Mensch tot ist und das Gold des Berges in andere Hände gelangt, geht der Fluch nicht auf denjenigen über.«

Jacks Unterlippe bebte. »Wenn dieser Mensch TOT ist«, flüsterte er.

»Also hat euer Onkel Hank sich auf die Suche nach der Kerzenkiste voll Goldnuggets gemacht, die Jacob Waltz unter seinem Bett aufbewahrt hat und die nach seinem Tod verschwunden ist.«

Henry hörte nicht mehr richtig zu, er musste an die lange Namensliste in der Broschüre der Historischen Gesellschaft denken. »Deshalb sind die ganzen Leute gestorben? Jacob Waltz, Adolph Ruth und all die anderen?«

Prita schüttelte den Kopf. »Der Berg ist eine gefährliche Gegend. Da sind viele Leute ums Leben gekommen und die haben nicht alle das Gold gefunden. Aber diejenigen, die es gefunden haben … ja. Das ist der Fluch des Donnergottes. Wer sich Gold vom Berg nimmt, muss sterben.«

Jack schniefte noch immer und sah sie aus großen,

feuchten Augen an. »Aber kann ich es einfach zurückbringen? Woher wissen Sie, dass es funktioniert?«

Prita zog ihn näher zu sich, damit sie ihn direkt ansehen konnte. »So hat es mir meine Urgroßmutter erzählt und ihr hat es Kentee erzählt«, sagte sie nachdrücklich. »Ich wusste nicht genau, ob es funktioniert, bis Hank es versucht hat. Er hat die Nuggets zurück in die Mine gebracht und noch lange gelebt. Ohne zu leiden, ohne frühen Tod.«

»Aber hätte er das Gold nicht einfach Ihnen geben können?«, fragte Simon skeptisch. »Es weiterzugeben reicht nicht?«

»Nein. Der Fluch des Donnergottes folgt demjenigen, der es gestohlen hat«, sagte sie schlicht. »Und wie ich ihm sagte: Wäre ihm das Gold gestohlen worden, hätte er keine Chance gehabt, den Fluch aufzuheben.«

Simon machte ein alarmiertes Gesicht. »Hat denn jemand versucht, ihm das Gold zu stehlen?«

»Das war jedenfalls seine Vermutung, ja. Er hatte den Eindruck, dass ihm jemand folgte.«

»Wer denn?«, fragte Simon, doch Henry war überzeugt, dass sie die Antwort bereits kannten.

»Es gibt in dieser Stadt Menschen, die wollen die Mine und das Gold um jeden Preis finden«, sagte Prita.

»Wer?«, hakte Simon nach.

»Ich glaube nicht, dass ihr sie kennt. Eine Frau, die in der Bücherei arbeitet. Ein Mann, der auf dem Friedhof arbeitet.«

Simon nickte grimmig. »Die kennen wir.«

»Weil sie uns auch verfolgen!« Jack sah Simon verzweifelt an. »Wir müssen noch mal auf den Berg rauf! Zur Goldmine! Bevor die mir das Gold wegnehmen und der Fluch KLEBEN bleibt!«

»Na ja, ich glaube immer noch nicht, dass es diesen Fluch wirklich gibt«, sagte Simon störrisch, doch als Jack Tränen in die Augen stiegen, fügte er rasch hinzu: »Aber okay, meinetwegen. Wir bringen es zurück. Ich will auf keinen Fall, dass du mir ab jetzt jede Kleinigkeit vorwerfen kannst, die bei dir schiefgeht. Also bleibt uns wohl gar nichts anderes übrig.«

Jack strahlte richtig vor Erleichterung. Dann machte er ein betrübtes Gesicht. »Aber das mit dem reich werden können wir jetzt vergessen.«

Henry dachte an die dunklen, feuchten Wände der

Mine, in denen goldene Flecken funkelten. War dieses Gold jetzt wirklich für immer verloren?

Simon sah gar nicht zufrieden aus. »Aber auf dem Totenschatz liegt kein Fluch? Auf dieser Goldkiste von Jacob Waltz?«

Prita schüttelte den Kopf. »Nein. Von diesem Gold wurde der Fluch nach seinem Tod genommen. Deshalb hat Hank ja stattdessen danach gesucht.«

»Und er hat es nie gefunden?«, fragte Delilah.

Prita lächelte. »Ihm ging es wirklich mehr ums Suchen, weniger ums Finden. Aber dabei fällt mir etwas ein! Henry, ich hole mal eben, was dein Onkel für dich hiergelassen hat.«

Sie legte die Hände auf die Sessellehnen und stand auf. »Ich bin gleich wieder zurück.«

Kaum war sie weg, sagte Delilah zu Simon: »Siehst du? Ich hatte Recht mit den Briefen. Prita und euer Onkel haben sich geliebt.«

Simon schnaubte. »Mag sein. Wen interessiert's? Wir müssen uns um Wichtigeres kümmern. Was bringt es, die geheime Holländermine zu finden, wenn wir nicht mal den kleinsten Goldklumpen mitnehmen dürfen?«

Prita kehrte mit einem versiegelten Umschlag zurück. Henry erkannte sofort Onkel Hanks cremefarbenes Briefpapier. Auf dem Umschlag prangte in schwarzer Kursivschrift sein Name: *Henry Cormody*. Er passte zu dem Briefpapier, das sie gleich nach dem Umzug nach Superstition in seiner Schreibtischschublade gefunden hatten; mit einem Knäuel genau dieses Briefpapiers hatte Josie in der Goldmine gespielt und deshalb waren sie seitdem überzeugt davon, dass Onkel Hank dort gewesen war und das Gold gefunden hatte.

»Hier, Henry.« Prita hielt ihm den Umschlag hin.

Henry nahm ihn mit zittrigen Händen. Onkel Hank hatte ihm eine Nachricht hinterlassen, die ganz allein für ihn bestimmt war – die Onkel Hank extra vor seinem Tod geschrieben hatte. Was da wohl drinstand?

Jack hüpfte auf den Knien. »Hat er für mich auch was dagelassen? Oder für Simon?«

»Nein, nur das hier«, sagte Prita. »Für Henry.«

Und noch während Henrys Herz einen Satz machte, weil die Wahl auf ihn gefallen war, bekam er ein schlechtes Gewissen, weil seine Brüder mit leeren Händen neben ihm saßen.

Er hielt den kühlen Umschlag in der Hand.

»Mach auf«, befahl Simon.

»Ja, mach auf!«, krähte Jack.

Henry sah Prita an. Sie sagte nichts, nickte nur.

Er riss die versiegelte Lasche des Umschlags auf und holte den Inhalt langsam heraus.

# KAPITEL 14
# Etwas für Henry

In dem cremefarbenen Umschlag war ein gefaltetes Blatt Papier. Als Henry es auseinanderfaltete und er oben wieder den schwarzen Schriftzug entdeckte, *Henry Cormody*, fand er es wieder einmal total aufregend, den eigenen Vornamen auf so vornehme und elegante Weise gedruckt zu sehen. Darunter standen einige Zeilen in der kraftvollen Handschrift seines Onkels, die er sofort erkannte, von den jährlichen Geburtstagskarten. *Das hat er vor seinem Tod geschrieben*, dachte er. *Für mich hat er das geschrieben.*

»Lies vor!«, rief Jack und hüpfte vor Aufregung. »Was steht da drin?«

Henry kniff die Augen zu Schlitzen zusammen. Die Buchstaben waren zwar groß und deutlich, aber es war Schreibschrift und die Zeilen waren ein bisschen krumm.

*»Lieber Henry«*, las er laut und ihn durchlief ein Frösteln. Es war, als würde Onkel Hanks Stimme aus dem Jenseits zu ihm dringen.

*»Lieber Henry«*, fing er noch einmal von vorn an und konzentrierte sich auf die restlichen Textzeilen. *»Dein Name ist mein Name. Er wird den Tod überdauern – so wie sich ein Ort um den Tod drehen und ihn zugleich überdauern kann. Wenn Du daran glaubst, dann weißt Du, wo Du etwas finden kannst, das ich für Deine Brüder und Dich hinterlassen habe. Lebe wohl, Henry. Dein Dich liebender Onkel Hank.«*

»Siehst du? Für DEINE BRÜDER und dich«, verkündete Jack. »Das ist auch für uns.« Er stieß Simon mit dem Ellbogen an.

»Hm«, machte Simon. »Ich frage mich, was es ist. Hat er Ihnen irgendetwas erzählt?«

»Nein«, sagte Prita. »Er hat mir nur den Umschlag hier gelassen, damit ich ihn Henry gebe. Tut mir leid, dass ich das nicht früher getan habe. Ihr seid schon vor ein paar Wochen hergezogen, nicht?«

»Vor über zwei Monaten«, sagte Henry. »Anfang Juni.«

»Dass es schon so lange her ist, habe ich gar nicht

bemerkt.« Ihre Miene verdüsterte sich. »Entschuldige bitte.«

»Ist nicht so schlimm«, sagte Henry rasch. »Ich bin nur froh, dass wir Sie gefunden haben.« Als er ihr in die ruhigen, dunklen Augen sah, merkte er, dass er wirklich froh war. Onkel Hank hatte diese Frau geliebt. Ob sie nun nur eine von vielen Freundinnen war, wie Simon dachte, oder die Liebe seines Lebens, wie Delilah vermutete, sie war ihm jedenfalls wichtig gewesen. Allein schon deshalb fühlte Henry sich mit ihr verbunden.

»Was, meint ihr, soll das bedeuten?« Delilah nahm Henry den Brief aus der Hand und las ihn sich noch einmal durch. *»Er wird den Tod überdauern …«*

»Na, das ist doch sonnenklar«, sagte Simon. »Natürlich wird sein Name den Tod überdauern, schließlich wurde Henry nach ihm benannt. Nur sagt der Name uns nicht, wo das, was er uns angeblich hinterlassen hat, sein könnte.«

Delilah gab Henry den Brief zurück. »Hat er euch Jungs denn etwas in seinem Testament vermacht?«

Henry schüttelte den Kopf. »Das Haus war für unsere ganze Familie.«

»Ein Haus ist ein Ort, der den Tod eines Menschen überdauert«, sagte Prita. »Gab es im Haus irgendetwas, auf dem dein Name stand? Bei eurem Einzug, meine ich?«

Wieder schüttelte Henry den Kopf. »Wir haben die Schubladen von seinem Schreibtisch durchsucht – dabei haben wir Ihre Briefe gefunden. Und unsere Eltern haben alle seine Sachen in Kartons gepackt. Wenn sie dabei etwas gefunden hätten, von dem er wollte, dass wir es bekommen, hätten sie es uns gegeben.«

Delilah warf ihren Zopf über die Schulter und sah mit zusammengekniffenen Augen durch die hellen Fenster der Veranda zum Superstition Mountain, der sich in der Ferne erhob. »Wir müssen uns einen Ort einfallen lassen, der sich um den Tod *dreht*, ihn aber *überdauert*. Ein Berg überdauert den Tod. Denkt mal an all die Leute, die auf dem Superstition Mountain gestorben sind, weil sie nach Gold gesucht oder sich auch bloß da oben verlaufen haben. Aber der Berg ist immer noch da.«

Simon runzelte skeptisch die Stirn. »Wenn Onkel Hank auf dem Berg etwas für uns hinterlassen hat, werden wir es nie finden. Der Berg ist zu groß! Wir wüssten gar nicht, wo wir suchen sollten.«

»Na ja«, sagte Henry. »Im Schreibtisch war noch die Wegbeschreibung zur Goldmine versteckt. Und wir haben da diese spanischen Münzen gefunden.«

Prita nahm Jacks leeren Trinkbecher. »Er wollte bestimmt nicht, dass ihr etwas aus der Goldmine holt, das kann ich euch versprechen. Er wusste, wie gefährlich das ist. Er hat ja das mitgenommene Gold wieder zurückgebracht und hätte nie gewollt, dass ihr euer Leben aufs Spiel setzt.«

Sie brachte den Becher in die Küche, kam wieder zurück und sah die Jungen an. »Er hat euch geliebt«, sagte sie schließlich.

Sie waren still. Henry dachte über Onkel Hanks wildes, abenteuerlustiges Herz nach, das für diese Frau, der sie nie vorher begegnet waren, und für seine Großneffen geschlagen hatte.

»Na schön«, sagte Delilah. »Dann also nicht der Berg.«

Henry rieb sich die Stirn. Seine Wangen waren ganz heiß, so sehr konzentrierte er sich. Was hatte Onkel

Hank wohl gemeint? Viele seiner Besitztümer hatten seinen Tod überdauert, das sagte also nicht viel aus. Aber man konnte nicht damit *rechnen*, dass Gegenstände länger hielten, als ein Mensch lebte. Die meisten Sachen hielten nicht so lang. Dann gab es noch Onkel Hanks Asche – die hatte seinen Tod überdauert, dachte Henry nüchtern –, aber da Onkel Hank natürlich erst nach seinem Tod eingeäschert worden war, hatte er unmöglich etwas für die Jungen in der Urne voll Asche hinterlassen können.

»Moment mal«, sagte Henry plötzlich. »Ein Ort, der sich um den Tod *dreht*, aber den Tod *überdauert* … Ich glaube, ich weiß, was das ist!«

Alle sahen ihn an. »Was denn?«, fragte Simon.

Henrys Gesicht war ganz heiß vor Aufregung. »Der Friedhof!«

# KAPITEL 15
# Ernste Entwicklungen

Delilah riss die Augen auf. »Der Friedhof!«

Simon jedoch runzelte die Stirn. »Kann ich mir nicht vorstellen. Auf dem Friedhof gibt es doch überhaupt kein Grab für Onkel Hank.«

»Nein«, sagte Prita. »Er hatte überlegt, sich dort beerdigen zu lassen, und sich dann aber für eine Einäscherung entschieden.«

»Darüber hat er mit Ihnen geredet?«, fragte Henry verblüfft.

»Aber ja.« Prita lächelte kurz. »Wir haben über alles geredet. Er nannte mich seine Liebste.« Auf die verwirrten Blicke der Kinder hin erklärte sie: »Das bedeutet mein Name nämlich, auf Apache. *Prita* heißt Liebste.«

»Das ist ein schöner Name«, sagte Delilah.

Simon stand auf. »Trotzdem ist er eingeäschert

worden. Also kann auf dem Friedhof eigentlich nichts sein.«

»Stimmt«, sagte Henry. »Aber wenn man mal darüber nachdenkt … ein Friedhof ist eben einfach … *absolut* ein Ort, der den Tod überdauert, weil er sich um den Tod dreht, aber die Gräber und die Grabsteine übrig bleiben, wenn jemand stirbt. Verstehst du?«

Ihm war klar, dass er es nicht gut erklärte. Aber er wusste noch, wie sie auf dem Weg zur Geisterstadt am Friedhof vorbeigefahren waren, an den leuchtenden, ordentlichen Reihen von Kreuzen und Gedenksteinen, und wie er den Eindruck gehabt hatte, dass dieser Ort randvoll mit Leben angefüllt war – mit all den vergangenen Leben der Menschen, die jetzt dort begraben lagen.

»Wir sollten da noch mal hinfahren und uns umsehen«, sagte Delilah. »Vielleicht finden wir irgendetwas, das er dort für uns hinterlassen hat – für dich, meine ich.« Sie sah Henry an.

»Und für mich!«, mischte Jack sich ein. »Und für Simon. Nicht bloß für dich.«

Simon fuhr sich mit der Hand durch seine Stachelhaare. »Außer …«

»Außer was?«, fragte Henry.

»Na ja, Prita, Sie meinten doch, dass er zuerst überlegt hat, sich auf dem Friedhof beerdigen zu lassen. Vielleicht hat er ja dort eine Grabstelle besessen?«

»Was soll das heißen?«, wollte Jack wissen. »Was ist eine Grabstelle?«

»Wenn jemand auf dem Friedhof beerdigt werden will, muss er dort ein kleines Stück Land erwerben«, erklärte Prita. »Seine Grabstelle. Ich wüsste nicht, warum Hank das getan haben sollte, wo er doch vorhatte, sich einäschern zu lassen. Aber euer Onkel steckte voller Überraschungen.«

»Dort mal nachzusehen wäre einen Versuch wert«, entschied Simon. »Wir sollten langsam nach Hause.« Er wischte sich die Hände an den Shorts ab und streckte Prita seine rechte hin. »Hat mich sehr gefreut, Sie kennenzulernen«, sagte er und Henry fand, dass er plötzlich schüchtern klang.

Prita ignorierte Simons Hand und zog ihn an sich. Ihr silbergraues Haar fiel über ihn. »Ich bin so froh, dass ihr gekommen seid«, sagte sie mit warmer Stimme. »Wir sehen uns bestimmt bald wieder.«

Sie strich Jack übers Haar. »Bring das Gold zurück und alles wird gut.«

Als Henry an der Reihe war, legte sie ihre schlanken braunen Hände an seine Wangen und sah ihm ruhig in die Augen. »Henry. Der Namensvetter! Lebe gut.«

Genau dasselbe hatte Onkel Hank in seinem Brief geschrieben, womit Henry sich das also zum zweiten Mal an einem Tag hatte sagen lassen und dabei wusste er noch nicht einmal genau, was es bedeutete.

»Wir besuchen Sie bald wieder«, versprach Delilah, als sie wieder draußen auf der Auffahrt standen.

»Und Sie müssen auch mal zu uns kommen«, sagte Henry. »In Onkel Hanks Haus. Wenn es Sie nicht mehr traurig macht.«

»Das würde ich gern einmal.« Prita hob die Hand und winkte, als sie auf ihre Räder sprangen und die Straße hinunterfuhren, die nach Kentee benannt worden war.

Am Nachmittag versammelten sie sich in der Küche, um ihre Rückkehr zum Friedhof zu besprechen. Wie bestellt war ihre Mutter zum Supermarkt gefahren; sie hatten das Haus für sich und konnten frei reden. Henry hatte Onkel Hanks Brief sicher in der Schublade seines Nachttischs verstaut und goss gerade für alle Limonade ein, die so kalt war, dass die Gläser beschlugen, und Simon klatschte Schinken-Käse-Sandwiches zusammen. Delilah hatte Josie auf dem Schoß und streichelte ihren flachen, dreieckigen Kopf. Josie schnurrte zufrieden.

»Ich frage mich, wie sich rauskriegen lässt, wem die Grabstellen gehören«, sagte Simon und schmierte Senf auf vier Brotscheiben. »Es wäre besser, wenn wir nicht den Friedhofswächter fragen müssen. Der sagt doch sofort dieser Bibliothekarin und Officer Myers Bescheid, dass wir irgendwas vorhaben.«

»Meinst du, es gibt noch woanders Unterlagen außer auf dem Friedhof?«, fragte Delilah.

»Keine Ahnung. Kann ich mir nicht vorstellen.« Simon klappte die Sandwiches zusammen, schnitt sie diagonal durch und stapelte sie auf einen Teller in der Tischmitte.

Henry trug die Gläser vom Tresen herüber und sie drängten sich alle zum Essen um den Tisch.

Nachdem er von seinem Sandwich einen Bissen genommen hatte, sagte Henry: »Für die historischen Gräber gibt es bestimmt eine Übersicht.«

»Gut möglich«, sagte Simon, »aber was hilft uns das? Wir interessieren uns für eine Grabstelle, die Onkel Hank in den letzten zehn Jahren oder so gekauft haben dürfte. Richtig?«

»Ja.« Henry wischte sich die Krümel vom Mund ab. »Aber vielleicht sollten wir Emmett fragen. Er musste doch neulich auch das Grab von Julia Thomas in Phoenix ausfindig machen. Jede Wette, dass er weiß, wie das geht.«

»Gute Idee. Rufen wir ihn doch an.« Simon rieb seine Hand an den Shorts sauber, nahm das Telefonbuch vom Schrank und ließ es über den Tisch zu Henry gleiten.

Jack schlug mit der flachen Hand darauf und hielt es fest. »Nein, wartet. Wann gehen wir wieder auf den Berg und bringen das Gold zurück? Das müssen wir zuerst machen! Bevor ich STERBE.«

»Du weißt, dass wir das nicht machen können, wenn Mom und Dad in der Nähe sind«, sagte Simon.

»Wann dann?« Jack ließ das Telefonbuch nicht los.

»Das ist wichtiger, als wieder zu diesem ollen Friedhof zu gurken.«

Simon sah Henry an. »Wollten sie nicht am Sonntag irgendwas mit Emmett und Tante Kathy unternehmen?«

Henry erinnerte sich vage daran. »Ja, glaube schon. Sie wollen nach Phoenix ins Kunstmuseum, oder? Aber sollten wir da nicht mitkommen?«

»Das lässt sich vielleicht hinbiegen. Wir bleiben zu Hause und räumen die Garage auf. Das wünscht Mom sich doch schon lange von uns.«

Die Garage! Henry schüttelte sich. Die war bis oben hin voll mit Umzugskartons aus Illinois; da waren ihre Spielsachen für draußen drin – Volleyball, Krocket, Straßenkreide –, ganz zu schweigen von den diversen Werkzeugen und Gartengeräten, die Mr Barker bis jetzt nicht gebraucht hatte … Sägen, Schraubenschlüssel, Heckenscheren. »Das dauert dann aber echt lange«, sagte Henry skeptisch.

»Ich kann euch ja helfen«, bot Delilah an. »Ich kann gut Sachen organisieren.«

»Dann räumen wir am Vormittag die Garage auf

und gehen am Nachmittag auf den Berg«, verkündete Simon.

Jack schüttelte energisch den Kopf. »Das ist ja noch zwei volle Tage hin!«

»Jetzt hör mal zu, Jack«, erklärte Simon kategorisch. »Den Fluch gibt es wahrscheinlich nicht einmal. Du hast das Gold jetzt seit Wochen, ohne dass irgendwas passiert ist.«

Jacks Gesicht verzog sich. »Dir ist total egal, ob ich STERBE!«, heulte er.

»Natürlich nicht«, sagte Simon ruhig. »Und wir bringen das Gold zurück, versprochen. Aber zuerst fahren wir zum Friedhof.«

»Du hast gut reden«, schimpfte Jack. »Auf dir liegt ja kein Fluch.«

Henry versuchte ihn zu beruhigen. »Das passt schon, Jack. Vor Sonntag kommen wir sowieso nicht weg. Und willst du nicht auch rauskriegen, was Onkel Hank uns hinterlassen hat?«

»Ja. Bevor ich STERBE.«

»Du stirbst nicht«, sagte Henry. »So weit lassen wir es nicht kommen.«

Er hatte es kaum ausgesprochen, da sah ihn Delilah seltsam an. Ihm fiel ihr Vater ein, der bei einem Autounfall gestorben war. Sofort bereute er, was er gesagt hatte, weil es so klang, als könnte man jemanden durch reine Willensanstrengung vor dem Tod schützen.

Er warf ihr einen entschuldigenden Blick zu und entwand Jack das Telefonbuch. »Ich rufe Emmett mal an und schaue, was er sagt.«

Er wählte die Nummer und wartete. Er wollte gerade auflegen, da ging Tante Kathy ran.

»Ach, hallo«, sagte sie außer Atem. »Wir sind gerade aus der Bibliothek zurück. Was ist los?«

»Kann ich Emmett mal sprechen? Wir müssen ihn etwas fragen.«

»Klar. Etwas über Gesteine? Mein kluger Freund! Er ist ein wandelndes Lexikon.«

»Nein, nicht über Gesteine. Über Gräber.«

»Gräber? Also ich habe langsam den Eindruck, ihr Jungs seid geradezu besessen vom Tod.« Sie lachte schallend. »Eure Interessen sind so *makaber* … Das ist ein prima Wort für dich, Henry. Es bedeutet schaurig. Hier kommt Emmett.«

*Makaber*, wiederholte Henry im Stillen. Das war ein prima Wort für die gesamten Ferien, fand er – diese schier endlose Folge von Schädeln und Knochen und Flüchen und Gräbern. Als Emmett sich meldete, kam Henry sofort zur Sache: »Hallo, Emmett, wir haben uns überlegt, dass Onkel Hank sich vielleicht eine Grabstelle auf dem Friedhof gekauft haben könnte, und fragen uns, wie sich das rausfinden lässt. Kannst du uns sagen, wie du Julia Thomas' Grab in Phoenix ausfindig gemacht hast?«

»Sicher, aber habt ihr nicht gesagt, euer Onkel ist eingeäschert worden?«

»Ja, schon. Aber wir denken, er hat sich vielleicht aus einem anderen Grund eine Grabstelle zugelegt.«

»Ach so?« Emmett klang perplex und Henry war heilfroh, dass er nicht weiter nachfragte. »Na ja, ihr müsst zum Friedhof gehen und im Verzeichnis nachsehen. Das findet ihr im Haus des Friedhofswärters. Richard Delgado hilft euch bestimmt weiter.«

Henry zögerte. »Wir hatten gehofft, das ohne ihn machen zu können … wegen der Historischen Gesellschaft und der Schatzjägern und so.«

»Weiß er denn überhaupt, wer ihr seid?«

Henry wand sich und seine Hand krampfte sich um den Hörer. »Ja. Schon.«

»Oh. Na ja, also im Moment ist er gar nicht da. Kathy und ich haben ihn gerade in der Bibliothek gesehen, wo er sich mit Julia Thomas unterhalten hat. Wer weiß, was die vorhaben. Aber seine Tochter, Sara, sollte da sein und sie kann euch zeigen, wo ihr nachsehen müsst.«

»Sara?«, fragte Henry skeptisch. »Die wirkt immer so abwesend.« Ihm fiel wieder ein, was für sinnloses Zeug sie damals auf dem Friedhof gebrabbelt hatte, und laut Emmett war sie zwar schon immer ein bisschen komisch gewesen, scheu und eine schwierige Gesprächspartnerin, aber seitdem sie sich für mehrere Tage auf dem Superstition Mountain verlaufen hatte, war sie noch seltsamer gewesen, als hätte der Berg ihr irgendwie die Nervenbahnen im Gehirn durcheinandergebracht. Sie war im Zustand einer Fugue zurückgekehrt, wie die Psychologen das nannten, und hatte nicht erzählen können, was ihr zugestoßen war.

»Ich glaube nicht, dass sie wirklich geistesabwesend ist«, sagte Emmett. »Sie bekommt ganz schön viel mit. Sie kommuniziert nur anders.«

»Und du meinst, sie könnte uns wirklich zeigen, wie sich rauskriegen lässt, ob Onkel Hank dort eine Grabstelle hatte?«

»Aber ja. Die Unterlagen sind in einem hohen Aktenschrank vorn im Büro. Es gibt zwei Register, einmal nach Grabstelle und einmal nach Familiennamen geordnet, also dürfte das nicht allzu schwierig sein.«

»Danke, Emmett«, sagte Henry erleichtert.

Er legte auf und brachte die anderen auf den neuesten Stand. »Und wenn wir jetzt gleich gehen, ist Mr Delgado gar nicht da. Emmett und Tante Kathy haben ihn gerade in der Bücherei gesehen. Also kann Sara uns weiterhelfen.«

»Die Verrückte?«, fragte Jack. »Mit der konnten wir letztes Mal kein Wort reden.«

»Müssen wir ja vielleicht auch gar nicht«, sagte Delilah. »Wenn das Büro offen ist und sie uns in die Unterlagen gucken lässt.«

Henry fand auch, dass es vielleicht schwierig werden würde, mit Sara zu kommunizieren. Aber das war immer noch besser, als mit ihrem misstrauischen Vater reden zu müssen.

»Gut«, sagte Simon. »Gehen wir, bevor Mr Delgado zurückkommt.«

Sie tranken rasch ihre Limo aus und liefen nach draußen.

# KAPITEL 16
# Wie man aus Sara schlau wird

Sie fuhren am Haupteingang des Friedhofs vorbei und bogen in den kleinen asphaltierten Parkplatz beim Häuschen des Friedhofswächters ein. Dort standen keine Autos und das Haus wirkte ruhig und leer.

»Und wenn Sara auch nicht zu Hause ist?«, fragte Delilah.

Doch bevor Henry ihr antworten konnte, schwang die Tür auf und Sara kam zum Vorschein. Ihre langen braunen Haare hingen auf beiden Seiten des blassen Gesichts herunter und verbargen es fast. Ihr Blick huschte verstohlen über die Besucher, dann sah sie woandershin.

»Ihr wart schon mal hier«, sagte sie.

»Hallo, Sara«, begrüßte Simon sie und Henry merkte,

dass er ganz normal klingen wollte.

»Ja, wir sind vor ein paar Wochen schon mal hier gewesen. Wir haben gedacht, du kannst uns vielleicht helfen, etwas nachzusehen. Wir glauben, dass unser Onkel hier womöglich eine Grabstelle erworben hat.«

»Er ist jetzt an einem besseren Ort«, murmelte Sara.

»O Mann«, sagte Jack leise zu Henry. »Jetzt geht das wieder los.«

»Gibt es hier irgendwo eine Kartei mit den Besitzern der Grabstellen?«, fragte Henry sie.

Sara sah ihn an, nickte und winkte sie herein.

»Alles ist so, wie es sein soll.« Sie führte sie in einen kleinen Bürobereich.

»Hier? In dem Aktenschrank?« Simon klopfte mit der flachen Hand auf einen Metallschrank mit Schubladen.

Sara nickte, nahm ein Blatt Papier von einem Stapel auf dem Schreibtisch und gab es Henry. »Das können wir nicht wissen. Wir bekommen keine Antworten, nur Fragen.«

Bei dem Blatt handelte es sich um eine fotokopierte Karte des Friedhofsgeländes, auf dem jede Grabstelle sauber umrahmt und nummeriert war.

»Na ja, wir hatten uns schon ein paar Antworten erhofft«, sagte Simon, aber seine Stimme war sanft. Er versuchte anscheinend, ihr keine Angst zu machen. »Können wir mal in der Kartei nachsehen?«

Sara zog die Schublade des Aktenschranks auf und drehte sich erwartungsvoll zu ihm um.

»Alphabetisch!«

»Alphabetisch!«, rief Simon. »Super. Das dürfte nicht weiter schwer sein.«

»Super!« Sara klatschte in die Hände.

Delilah sah Sara nachdenklich an. »Kommt dein Vater bald nach Hause?«

»Ja, doch«, murmelte Sara und zupfte geistesabwesend an einigen langen Haarsträhnen. »Zusammen mit den anderen.«

Simon sah sie scharf an. »Mit welchen anderen? Wer ist noch bei ihm?«

»Der Polizist und die Bibliothekarin«, sagte Sara. »Niemand geht wirklich für immer.«

*Himmel!*, dachte Henry. Ihnen blieb kaum Zeit.

Er sah sich die Karte vom Friedhof an. Wenn er sie richtig ausrichtete, konnte er sehen, wo der Abschnitt mit den alten Gräbern lag, in dem sie auf den Grabstein von Julia Elena Thomas gestoßen waren. »Wir können auch über die Nummer suchen«, sagte er zu Simon und hielt die Karte hoch. »So ließe sich rauskriegen, wer diese Grabstelle für Julia Thomas erworben hat und wann.«

»Gute Idee.« Simon ging zügig die Hängeordner in der vollgerammelten Schublade durch. »Hier kommen die Namen mit C. Ich hab's gleich …«

Henry spürte ein Kribbeln unter der Haut, eine Mischung aus Aufregung und Vorahnung. Wenn sie nun wirklich etwas fanden? Wenn Onkel Hank wirklich eine Grabstelle erworben hatte, trotz seiner geplanten Einäscherung? Bedeutete das dann, dass er auf dem Friedhof etwas für die Jungs hinterlassen hatte?

Und andererseits – was, wenn sie *nichts* fanden? Er ließ sich Onkel Hanks Brief noch einmal durch den Kopf gehen. Ihm wollte kein anderer Ort einfallen, der sich so eindeutig um den Tod drehte und ihn gleichzeitig überdauerte.

»Hier! Cormody!«, rief Simon und Henry durchfuhr ein Schaudern.

Simon zerrte einen Hefter aus dem Hängeregister, klappte ihn auf und blätterte gespannt die Seiten durch. »Du hast richtig vermutet, Hen. Onkel Hank *hat* eine Grabstelle gekauft … Schau – Henry Cormody.« Simon drückte mit dem Zeigefinger auf ein eng betipptes Formular, das Onkel Hanks geschwungene Unterschrift trug.

»Und wann hat er sie gekauft?«, fragte Delilah.

Simons Blick huschte über die Seite. »Das Kaufdatum ist von vor zwei Jahren.«

»Gehen wir das Grab suchen!«, rief Jack.

»Hast du die Nummer?«, fragte Henry. »Dann schau ich auf der Karte nach.«

»Einunddreißig.«

Henry glättete die Karte auf dem Schreibtisch und

sie beugten sich darüber und gingen die kleinen Rechtecke durch, von denen das Gelände bedeckt war.

»Hier«, sagte Henry. Die 31 befand sich ganz am anderen Ende des Friedhofs, wo die Grabstellen dicht an dicht lagen.

»Die Dinge sind nie, was sie scheinen«, murmelte Sara Delgado und zupfte immer noch an ihren Haaren.

Simon sah kurz zu ihr. »Alles okay, Sara. Du hast uns sehr geholfen.«

»Da kann man nichts machen«, hauchte sie. Es klang total traurig.

Und auf einmal spürte Henry sie auch, die Last all dieser Verluste. Was war aus den ganzen Menschen geworden, mit deren Akten dieser Schrank gefüllt war? Sie hatten alle hier ein Grab. Sie waren alle hier geendet. Na ja, alle außer Onkel Hank.

Simon betrachtete stirnrunzelnd die Karte. »Hm. Das ist die Ecke mit den alten Gräbern, oder?«

»Wo auch dieser Stein für Julia Thomas steht?« Delilah musterte das Gitternetz. »Kannst du die Stelle auch noch nachsehen?«

»Die finde ich nur, wenn sie sie unter ihrem eigenen

Namen gekauft hat«, sagte Simon. »Wenn nicht, müssen wir erst die Nummer wissen und dann in der Kartei nachsehen.«

»Versuch's erst mal so«, drängte Henry.

Simon ging wieder zu dem Aktenschrank und arbeitete sich durch die Hängeordner. »Der Name Thomas kommt ein paarmal vor, aber keine Julia«, sagte er. »Wartet mal … Wie hieß noch gleich ihr Ehemann?«

Henry überlegte. War sie immer noch verheiratet gewesen, als sie sich um den kranken Jacob Waltz gekümmert hatte? Er erinnerte sich nicht mehr genau, was Emmett gesagt hatte.

»Emil«, sagte Delilah. Henry sah sie verblüfft an, aber sie zuckte nur mit den Schultern. »Solche Sachen kann ich mir gut merken.«

»Emil Thomas!« Simon wedelte mit einem Ordner. »Schauen wir mal, welche Grabstelle.« Er öffnete den Ordner auf dem Tisch und glättete das dünne gelbe Papier. Es war schon ganz fleckig und noch mit einem richtigen Füllfederhalter ausgefüllt worden. Ein paar Tintenflecke befanden sich auf dem Papier. »Siebenundzwanzig. Gekauft 1889, das passt. Das muss gleich neben Onkel Hanks Stelle sein. Henry, markiere sie auf der Karte.«

Henry nahm einen Kuli und malte sorgfältig Kreise um die beiden Grabstellen.

»Aber wieso hatte sie ZWEI Gräber?«, fragte Jack.

Sara nahm die Ordner und sortierte sie wieder ein. »Das wollen alle gern wissen.«

Die Jungen und Delilah sahen einander verblüfft an.

»Was meinst du damit?«, fragte Delilah.

Sara knallte, den Ordner für Emil Thomas unter den Arm geklemmt, die oberste Schublade zu. »Zwei Gräber, zwei Gräber«, murmelte sie, fast als würde sie einen Reim aufsagen. »Wieso hatte sie zwei Gräber?«

Delilah versuchte es erneut. »Wer will das über Julia Thomas' Grab wissen?«

Sara lachte ein seltsames hohes Lachen. »Diejenige, die dort begraben liegt! Sie will es selbst gern wissen.«

»Meinst du Julia Thomas, die Bibliothekarin?«, fragte Henry vorsichtig.

Sara lächelte ihn an. »Zwei Gräber, zwei Gräber. Was ist im zweiten Grab?«

Delilah nahm sanft ihren Arm. »Sara.«

Doch Sara zog die dritte Schublade des Metallschranks auf, beugte sich darüber und stopfte den Ordner wieder zwischen die Ts.

»Heute Nacht kriegen sie's raus.« Sara richtete sich auf. Sie sah Delilah in die Augen. »Da werden die Toten geweckt.«

Ein eiskalter Schauder kroch Henrys Haut entlang.

»Seht.« Sara schwang sich die Haare aus dem Gesicht. Ihr Blick huschte zum Fenster. »Sie kommen.«

# KAPITEL 17
# Grabsteine im Mondlicht

Sie eilten zum Fenster und folgten Saras Blick durch die staubige Scheibe. Henry rechnete fast damit, dass die vor vielen Jahren verstorbenen Bewohner des Friedhofs aus ihren Gräbern stiegen. Stattdessen fiel ihm in der Ferne ein brauner Wagen auf, der die Straße zum Friedhof heruntergefahren kam.

»Wer ist das?« Simon drehte sich zu Sara um. »Kommt da dein Vater zurück?«

»Niemand geht wirklich für immer.« Sara räumte weiter das Büro auf, bewegte sich geistesabwesend um den Schreibtisch herum.

»Sara«, sagte Delilah und wieder sah Sara ihr in die Augen. »Kommen sie heute Nacht hierher? Um das Grab von Julia Thomas auszuschaufeln? Meinst du das damit?«

»Die Toten werden geweckt«, sagte Sara wieder.

»Wir müssen abhauen«, sagte Henry. »Bevor sie uns sehen.« Er starrte in Saras wilde dunkelbraune Augen. »Bitte verrate niemandem, dass wir hier waren. Sie …« Er zögerte, weil er nicht wusste, wie er das Warum erklären sollte. Schließlich war das ihr Vater. Würde sie ihm verschweigen, dass Besucher hier gewesen waren? Henry holte tief Luft. »Sie würden es nicht verstehen.«

»Das versteht niemand«, sagte Sara. »Das wird niemand je verstehen.«

»Los, gehen wir«, drängte Simon. »Danke, dass du uns geholfen hast, die Gräber zu finden.«

Ihr Blick huschte in seine Richtung und sie nickte.

Die Jungen und Delilah rannten einander beinahe über den Haufen, so eilig hatten sie es zu verschwinden. Henry hielt die Karte vom Friedhof in der Hand, mit den schwachen blauen Kreisen um die Grabstellen 31 und 27. Sie rannten zum Parkplatz, wo sie ihre Räder abgestellt hatten, und schwangen rasch die Beine über die Sättel.

»Die werden uns sehen, wenn wir so zurückfahren, wie wir gekommen sind«, sagte Delilah. »Und wer weiß, ob Mr Delgado nicht Julia Thomas und Officer Myers mit im Auto hat?«

»Hinters Haus, schnell!«, rief Simon. »Wir fahren hinter dem Friedhof querfeldein.«

»Nicht auf der Straße?«, ächzte Jack. »So hab ich mir mein Knie aufgerissen!«

»Das ist mir klar, Jack«, antwortete Simon ungeduldig. »Aber uns bleibt nichts anderes übrig. Möchtest du lieber der Büchereifrau begegnen?«

»Bloß nicht«, sagte Jack und folgte Simon durch das raue Gelände.

Henry fuhr um einen Kaktus herum und trat kräftiger in die Pedale, um in der unebenen Wüste das Gleichgewicht zu halten. Sie fuhren an dem schmiedeeisernen Zaun entlang, der den Friedhof umschloss; auf der anderen Seite zogen die leuchtenden Reihen der Grabsteine entlang. Henry konnte sehen, wie das braune Auto die Straße zum Haus heruntergefahren kam und jetzt fast die Auffahrt erreicht hatte. Erst als sie hinter den Friedhof abbogen, atmete Henry erleichtert auf. Hier befand sich eine Hecke aus hohen blühenden Büschen, die sie vollständig verbarg.

Simon blieb stehen, setzte einen Fuß auf den Boden und spähte durch die Büsche.

»Meinst du, sie haben uns gesehen?«, fragte Delilah.

»Hoffentlich nicht«, sagte Simon grimmig. »Und hoffentlich erzählt Sara ihnen nicht, dass wir da waren.«

»Ich glaube nicht, dass sie das macht«, sagte Henry nach einem kurzen Moment. »Und wenn doch, dann nehmen die das bestimmt nicht ernst. Sie wirkt doch total verwirrt.«

Delilah schwieg. Schließlich sagte sie: »So verwirrt ist sie gar nicht. Sie weiß genau, was die Leute sagen, wenn jemand gestorben ist.«

»Ja!«, krähte Jack. »Sie sagt ständig irgendwas über TOTE!«

Henry schüttelte sich. »Vielleicht hat der Berg das aus ihr gemacht.«

»Nein, Hen«, berichtigte Simon ihn. »Du hast Emmett doch gehört. Er hat gesagt, sie ist schon immer komisch gewesen.«

»Na, sie hat uns jedenfalls etwas Wichtiges über heute Nacht erzählt«, unterbrach Delilah sie. »Es hat sich angehört, als ob die Bibliothekarin und Officer Myers herkommen und Mr Delgado dabei helfen, Julia Thomas' Grab auszuschaufeln! Vielleicht finden sie dort ja das Gold von Jacob Waltz? Den Totenschatz?«

Simon runzelte die Stirn. »Vor uns? Das können wir nicht zulassen.«

»Simon«, sagte Henry. »Wir können sie nicht daran hindern. Sie sind jetzt beim Haus, also mindestens Mr Delgado ist dort. Wenn der uns dabei erwischt, wie wir uns auf dem Friedhof herumtreiben; wer weiß, was er dann mit uns macht. Und er kann sich dann definitiv denken, was wir vorhaben.«

»Stimmt.« Simon klang enttäuscht. »Du hast Recht. Aber wir können doch nicht zulassen, dass sie sich das Gold unter den Nagel reißen! Nicht, nachdem wir so dafür geschuftet haben. Wenn wir nicht an das Gold aus der Holländermine rankommen, dann müssen wir wenigstens den Totenschatz finden. Wir gehen heute Nacht zum Friedhof.«

»Ja!«, rief Jack. »Dann können wir zusehen, wie sie das Grab ausschaufeln!«

Delilah zögerte, ihre Hände um die Lenkergriffe geschlossen. »Ich glaube nicht, dass das richtig ist – ein

Grab öffnen.« Sie machte einen Schmollmund. »Wer weiß, vielleicht gibt's da nicht mal Gold. Vielleicht liegt da bloß jemand begraben.«

»Ich schätze, das werden wir heute Nacht herausfinden«, sagte Henry nüchtern. Er warf einen Blick durch die schwarzen Eisenstangen auf die gleißenden Reihen von Grabsteinen, die still zu ihnen herüberstarrten. Wenn der Friedhof tagsüber schon gruselig war, wie würde er dann erst nachts sein … zusammen mit einer Bande Grabräubern?

Jeder in seine eigenen Gedanken versunken fuhren sie durch die Hitze nach Hause, und weiter draußen in der Wüste erhoben sich die dunklen Klüfte des Superstition Mountain.

Nach einem hastigen Abendessen saßen die Jungen wieder auf ihren Rädern und holten erst Delilah ab, um dann gemeinsam zum Friedhof zu fahren. Es war kurz nach 19 Uhr, die Sonne sank dem Horizont entgegen und der Himmel war von rosa Streifen überzogen. Die Wüste sah abends seltsam aus, fand Henry; eine Mondlandschaft aus Felsen und Bergen, und selbst die ganz normalen Vorstadthäuser erhoben sich aus dem Staub wie Festungen einer außerirdischen Zivilisation. Er musste an eines seiner Lieblingsbücher denken, *Die Zeitfalte*, das auf einem anderen Planeten spielte.

Josie war im Garten vorm Haus, als die Jungen aufbrachen, und schlich sich an irgendetwas an, das im Gras saß. Das Geschepper mit den Rädern unterbrach ihre Konzentration und sie starrte die Jungen empört an. Ihre bernsteingelben Augen glühten im nachlassenden Licht. Henry sah, wie sie hinter Jacks Fahrrad herlief. Doch dann folgte sie ihnen nicht, sondern verschwand in den Stachelsträuchern der Wüste und der weiße Fleck an ihrem Hals leuchtete noch kurz in der Dunkelheit.

»Und wenn Sara Delgado sich das Ganze nur einbildet und sie heute Abend gar nicht kommen?«, fragte Delilah. Obwohl es schon so dunkel war, konnte Henry ihre besorgte Miene sehen.

»Ich hab die Karte dabei.« Er klopfte sich vorn auf die Hosentasche. »Wenn sie nicht aufkreuzen, sehen wir uns eben Onkel Hanks Grabstelle an.«

»Im Dunkeln?« Delilah klang skeptisch.

»Klar!«, rief Simon. »Ich hab ’ne Taschenlampe mit!«

»Die werden wir brauchen«, sagte Jack. »Das wird gruselig.«

»Okay, leise jetzt«, sagte Simon. »Da vorn ist schon der Friedhof. Wir können unsere Räder daneben im Gebüsch verstecken.«

Henry fand, dass der Schotter viel zu laut knirschte, als sie darüber zu dem schmiedeeisernen Zaun fuhren. Simon bog von der Straße ab und fuhr über den sandigen Boden zu den Büschen. Rasch verstauten sie ihre Räder hinter dem Gestrüpp und schlichen am Zaun entlang zum Tor.

»Oh-oh«, flüsterte Jack. »Es ist abgeschlossen.«

»Abgeschlossen?«, wiederholte Simon verblüfft.

»Was machen wir jetzt?«, fragte Delilah. »Die machen wahrscheinlich immer zu, wenn es dunkel wird.«

Wieder fiel Henry auf, wie viel sie über solche Sachen anscheinend immer wusste, und ihn überkam Traurigkeit, weil sie das alles mit dem Tod ihres Vaters hatte lernen müssen.

»Gut, dann versuchen wir eben über den Zaun zu klettern«, sagte Simon. »Auf der Rückseite, wo uns niemand sehen kann. Folgt mir.«

Er lief am Zaun entlang und die Kiesel im Wüstensand knirschten unter den Sohlen seiner Turnschuhe. Die Sonne war inzwischen fast verschwunden und überall um sie herum wurde die lila Dämmerung immer dunkler. »Wir gehen erst mal zu dem Bereich, wo die alten Gräber sind. Dann können wir gleich an der Stelle über den Zaun klettern, wo wir hinwollen.«

»Ich weiß nicht«, sagte Henry leise und musterte die Stangen aus Schmiedeeisen. »Der ist ganz schön hoch. Wie sollen wir da raufkommen?«

»Mit Hilfe der Büsche und zur Not nehmen wir noch mein Shirt«, sagte Simon lässig.

Als sie bei der hinteren Ecke des Friedhofs angelangt waren, wo sich die älteren Gräber befanden, kletterte Simon mutig über die Büsche hinweg und streckte sich nach der gleichmäßigen Reihe von Zaunspitzen. Es gelang ihm, eine zu ergreifen und sich nach oben zu ziehen, wobei er sich mit den Sohlen seiner Turnschuhe gegen die senkrechten Stangen des Zauns stemmte. Als er oben angekommen war, setzte er sich rittlings auf die Zaunkrone.

»Wow, von hier oben kann man alles sehen«, verkündete er. »Im Haus ist Licht an und das braune Auto steht in der Auffahrt … und daneben ein Streifenwagen!«

»Officer Myers«, sagte Delilah.

»Ja, bestimmt. Aber auf dem Friedhof ist niemand.« Simon setzte sich anders hin. »Autsch«, sagte er leise. »Hier, Delilah, gib mir deine Hand. Ich helfe dir.«

Sie kletterte über die Büsche und streckte mutig eine Hand aus. Simon packte ihr Handgelenk mit der einen Hand und ihren Ellbogen mit der anderen und zog sie hoch. »Wah …«, rief Delilah, als sie beide über den mit Metallspitzen versehenen Rand des Zauns purzelten und auf der anderen Seite in einem Gewirr von Armen und Beinen halb hinunterkletterten und halb abstürzten.

»Hoppla«, sagte Simon und sie lachten beide. »Wir sind drin!«

»Psst!«, machte Henry. »Wir müssen leise sein.« Er sah verärgert zu ihnen hinüber. Wie sollte er denn jetzt, wo Simon auf der anderen Seite war, über den Zaun kommen? Musste er dann auch noch Jack helfen? Oder, schlimmer noch, weil es vor Delilah voll peinlich wäre, musste er Jack um Hilfe bitten? Und wieso war er nicht selber als Erster hinaufgeklettert, um Delilah über den

Zaun zu helfen? Er seufzte; irgendwie war Simon immer zur richtigen Zeit am richtigen Ort.

»Okay, jetzt du, Hen.«

»Nein, ich will als Nächster!«, rief Jack, krabbelte über das Gestrüpp und warf sich gegen den Zaun. Er kam nicht an die Spitzen heran, aber er hielt sich an den Stangen fest und es gelang ihm, sich nach oben zu ziehen und ein Bein hinüberzuwerfen.

»Warte, Jack«, sagte Henry verzweifelt. »Wenn du mich hochziehst, kann ich dich beim Runterklettern festhalten, damit du nicht abstürzt.«

»Okay.« Jack streckte sich nach seiner Hand aus. Die Äste der Büsche waren vom Gewicht der drei Eindringlinge heruntergetrampelt und geknickt. Henry kam nicht annähernd hoch genug, um sich oben festzuhalten, doch mit Jacks Hilfe gelang es ihm, sich hinaufzuziehen und rittlings auf der Querstange zu sitzen. Dann hielt er Jacks Hand fest und Jack kletterte nach unten.

»Schaffst du es alleine runter?«, fragte Delilah und stellte sich unter ihn.

»Klar«, sagte Henry, dabei war er sich gar nicht so sicher. Er sah sich von seinem Hochsitz um, die kalte

Eisenstange zwischen den Beinen. Unten erstreckten sich die stillen, ordentlichen Reihen der Grabsteine. Der Nachthimmel färbte sich allmählich dunkelblau und der glühende Halbmond erhellte das Gräberfeld. Henry sah zum Häuschen des Friedhofswächters hinüber. Er erkannte den braunen Wagen und das Polizeiauto, dessen Stadtwappen offiziell schimmerte. Noch während er dorthin sah, öffnete sich die Haustür und Licht fiel über das Grundstück. Eine große Schattengestalt füllte die Türöffnung und das ferne Murmeln von Stimmen war zu hören.

»Wartet«, flüsterte Henry. »Sie kommen gerade raus.«

»Und was machen sie?«, fragte Simon.

Henry spähte zu den dunklen Umrissen hinüber. Jemand griff nach etwas – nach einem langen, merkwürdigen Gegenstand, der an der Hauswand lehnte.

»Sie haben eine Schaufel«, sagte Henry.

»Kannst du sie erkennen?«, fragte Simon.

Henry konnte nur drei verschwommene Umrisse ausmachen, aber der eine war kleiner und schlanker. »Sieht mir sehr nach Mr Delgado, Officer Myers und Mrs Thomas aus. Oh-oh. Sie kommen hierher!«

# KAPITEL 18
# Geständnisse

Die drei Gestalten bewegten sich auf das Eingangstor des Friedhofs zu. Rasch schwang Henry sein anderes Bein über den Zaun und schnitt es sich fast an einer der Spitzen auf. Er kauerte dort oben und sprang. Er hatte solche Angst, dass die Bande von Grabräubern ihn sah, dass er nicht einmal daran dachte, wie tief es hinunterging. Eine seltsame, gedehnte Sekunde lang segelte er durch die Nachtluft und sah ein Mosaik aus weißen Kreuzen und Gedenksteinen vor sich ausgebreitet. Dann landete er hart auf beiden Füßen, taumelte nach vorn auf die Knie und stieß sich den Kopf fast an einem Grabstein.

»Hey, guter Sprung«, sagte Delilah und half ihm auf. Sein Herz klopfte wild, aber er freute sich trotzdem.

»Schnell, Hen«, flüsterte Simon. »Lass uns auf der Karte nachsehen, wo Julia Thomas' Grab liegt.«

Henry holte die Karte aus der Tasche seiner Shorts und glättete sie an seinem Oberschenkel.

»Es ist zu dunkel. Mach die Taschenlampe an«, sagte Jack zu Simon und versuchte sie ihm wegzunehmen.

»Pst«, machte Simon. »Das geht nicht. Oder willst du, dass sie uns sehen?«

Delilah kniete sich hin und musterte die Karte. »Wir sind ungefähr bei diesem Weg hier, der an der hinteren Mauer entlangführt.« Sie tippte mit dem Zeigefinger auf das Blatt. »Und da ist der Abschnitt mit den alten Gräbern – dort drüben.« Sie stand auf und zeigte die Richtung. »Wir müssen da lang.«

Sie marschierte zu einem schmalen Schotterweg hinüber und die Jungen folgten ihr. »Hauptsache, du irrst dich da nicht«, sagte Simon. »Weil uns zum Rumsuchen nämlich die Zeit fehlt.«

Henry trat vorsichtig auf die kleinen Steinchen und versuchte dabei kein Geräusch zu machen. Auf beiden Seiten des Weges standen die Grabsteine in ordentlichen Reihen und die Namen der Verstorbenen tauchten im Vorbeigehen aus der Finsternis auf und verschwanden wieder, als hätte sie jemand geflüstert.

»Beeilung! Sie sind am Tor«, sagte Simon und in der Ferne waren das Scheppern und Quietschen von Metall und leises Stimmengemurmel zu hören.

»Hier!«, flüsterte Delilah eindringlich. »Ich hab's gefunden.«

Sie befand sich ein Dutzend Meter weiter vorn in dem Teil des Friedhofs, wo die Grabsteine dunkel waren und schief standen und sich Grasbüschel ausgebreitet hatten. Vor ihr ragte der braune, geneigte Grabstein empor, auf dem in Blockbuchstaben JULIA ELENA THOMAS stand. Als Henry ihn erkannte, überkam ihn ein Schaudern. Was lag darunter in der harten Erde? Etwa der Schatz, den Jacob Waltz unter seinem Bett versteckt hatte?

Dann erstarrte Henry. Aus der Dunkelheit drang die Stimme eines Mannes herüber.

»Es liegt drüben in der anderen Ecke. Folgen Sie mir.«

Henry fuhr herum und konnte gerade noch den massigen Umriss von Richard Delgado ausmachen, der Officer Myers und Julia Thomas den Weg hinunterführte, genau auf den Abschnitt des Friedhofs zu, in dem sie kauerten. Mr Delgado trug eine Schaufel und Officer Myers schleppte irgendeine lange Stange. Im schwachen Mondlicht blitzte silbern sein Polizeiabzeichen auf.

»Wir müssen uns verstecken!«, flüsterte Simon. Er sah sich in alle Richtungen um. »Diese alten Grabsteine sind zu klein. Schaut – dort drüben!«

Er zeigte zu einem wuchtigen Grabmal aus Granit, das vielleicht dreißig Meter entfernt auf einem großen rechteckigen Sockel stand. Es wurde von zwei kunstvoll verzierten Urnen flankiert.

»Von da aus können wir aber nicht sehen, was sie machen!«, protestierte Jack.

»Pst!« Henry packte ihn am Arm. »Komm, Jack. Wir haben keine Zeit.«

Sie machten, dass sie vom Weg hinunter ins Gras kamen, und rannten quer über die Gräber. Delilah rannte leise hinterher, gefolgt von Simon. Sie drängten sich hinter das riesige Grabmal und warteten.

Henry presste seine schweißnassen Handflächen an den kalten Stein und hielt den Atem an. Delilahs Schulter war unter seinem Kinn und Jacks Ellbogen drückte ihn in die Seite. Die drei dunklen Umrisse kamen den

Weg herunter. Die große Schaufel schwang lose in Mr Delgados Hand.

»Das ist reine Zeitverschwendung«, drang die klare Stimme von Julia Thomas herüber. »Das eigentliche Gold ist in der Mine. Wir sollten lieber einen Plan ausarbeiten, wie wir da herankommen … bevor diese Kinder noch einmal dort hingehen und es sich holen.«

»Die steigen nicht noch einmal auf den Berg«, sagte

Officer Myers und klang völlig überzeugt. »Der Felssturz hat sie verschreckt. Und außerdem« – Henry fand, seine Stimme klang beschwichtigend – »haben Sie das richtig gut hingekriegt mit dieser Botschaft auf der Erde und dem Brief im Fahrradkorb des Mädchens. Ich glaube nicht, dass wir uns Sorgen machen müssen. Die sind nicht mehr hinter dem Gold her, die denken, es liegt für immer unter diesem Felssturz begraben.«

Henry drehte sich zu den anderen um und sah ihre wütenden Gesichter. »Die legen ja ein richtiges Geständnis ab«, zischte Simon. »Wenn wir das bloß aufnehmen könnten!« Delilah nickte grimmig.

»Ja, genau! Diese Wörter auf der Erde waren von denen!«, flüsterte Jack und ballte an Henrys Bein die Faust.

»Pst, Jack, leise«, warnte Simon kaum hörbar.

»Von Ihren Pistolenschüssen haben sie sich jedenfalls nicht abschrecken lassen«, gab die Bibliothekarin zurück. Die Erwachsenen gingen gerade direkt an dem Grabmal vorbei und näherten sich dem Abschnitt mit den alten Gräbern.

»DIE haben auf euch geschossen!«, flüsterte Jack voller Wut.

»Runter«, sagte Simon leise und sie duckten sich in einem Durcheinander von Knien und Ellbogen noch tiefer.

Die schneidende Stimme von Mrs Thomas drang herüber. »Und wenn nicht einmal die Kugeln das können, was dann? Diese Kinder sind besessen von der Geschichte des Berges.«

»Ha«, schnaubte Mr Delgado. »Und das aus Ihrem Mund, Julia. *Sie* haben sich doch in das Abbild einer Frau verwandelt, die vor hundert Jahren gelebt hat, bis hin zu ihrem Namen und ihrer Handschrift.«

Henry sah verblüfft Delilah an. Steckte das dahinter? Erfuhren sie endlich die Erklärung für die seltsame Ähnlichkeit zwischen der Bibliothekarin Julia Thomas und ihrer Namensvetterin?

Mrs Thomas wehrte ab. »Das ist meine Urgroßtante gewesen! Natürlich sehe ich ihr ähnlich. Und mein Mittelname lautete sowieso schon Thomas. Es war nicht weiter schwer, ihn zu meinem amtlichen Nachnamen zu ändern.«

Hinter dem Grabmal war die Verblüffung mit Händen zu greifen. Da die vier jedoch keinen Mucks von sich geben durften, konnten sie einander nur mit großen Augen anstarren. Delilah konnte sich nicht beherrschen und flüsterte Henry ins Ohr: »Kein Wunder, dass sie praktisch genauso aussieht!«

»Julia«, sagte Officer Myers. »Er hat Recht. Sie leben in der Vergangenheit.«

»Mein Wissen über die Vergangenheit hat uns überhaupt so weit gebracht!«, fauchte sie. »Und wird uns auch das Gold verschaffen. Wenn uns diese Kinder nicht zuvorkommen.«

Henry lugte um das Grabmal herum. Die Bibliothekarin und die beiden Männer waren jetzt drüben im alten Teil des Friedhofs, zwischen den schiefen, verfärbten Gedenksteinen, und beugten sich über die Gräber.

»Ich begreife nicht, wie sie überhaupt so viel haben herausfinden können«, fuhr Mrs Thomas fort. »Es muss im Cormody-Haus irgendetwas geben, das sie auf die Goldmine hingewiesen hat. Ich wusste doch, dass wir nicht gründlich genug waren. Wir hätten diesen Sekretär sorgfältiger durchsuchen sollen.«

Die Barker Boys sahen einander empört an. Die waren in Onkel Hanks Haus eingebrochen! Und hatten es durchsucht! Als Henry sich vorstellte, wie sie in Onkel Hanks persönlichen Sachen herumgewühlt hatten, wurde ihm ganz anders.

»Nein«, sagte Officer Myers scharf. »Es wäre zu riskant gewesen. Und wenn außer diesen Kids noch jemand Verdacht schöpft, dann wissen Sie, worauf das hinausläuft. Dann müssen wir Superstition für immer verlassen. Wir haben bereits gegen ein halbes Dutzend Gesetze verstoßen und können nur von Glück reden, dass es mir gelungen ist, meine Kollegen von unserer Spur fernzuhalten.«

Henry hatte in der Dunkelheit vage den Eindruck, dass Mrs Thomas mit den Schultern zuckte. »Wenn wir das Gold finden, verlassen wir Superstition ohnehin für immer. Das hatten wir doch von Anfang an so vor.«

»So«, unterbrach sie Mr Delgado. »Da wären wir.«

Henry und Simon veränderten langsam ihre Position und spähten über das Grabmal hinweg.

Die drei Erwachsenen schauten auf das angebliche Grab von Julia Elena Thomas hinab. Henry konnte sehen, wie Mr Delgado um die Stelle herumging und dann stehen blieb, um mit dem Stiefel auf den Boden zu stampfen. »Geben Sie mir die Stange, Dave, dann schaue ich mal, wo sich der Sarg befindet.«

»Den gibt es hoffentlich gar nicht«, sagte Officer Myers. »Sonst graben wir noch Julias Urgroßtante aus.«

»Unsinn«, erwiderte die Bibliothekarin. »Meine Tante liegt in Phoenix begraben.«

»Na ja, wenn keinen Sarg, dann … eine Schatztruhe!« Mr Delgado nahm die Stange und stieß sie an verschiedenen Stellen in die Erde.

Schließlich sagte er: »Hier! Ich kann irgendetwas ertasten. Hier sollten wir graben.«

Officer Myers nahm den Spaten, setzte das Blatt auf und trat es mit dem Absatz in den Boden. Er schaufelte los und hatte bald, vor Anstrengung schnaufend, einen Haufen Erde beiseitegeräumt.

Delilah entwirrte ihre Gliedmaßen und stand nun auch geduckt neben Henry. Ihr Zopf strich über seine Wange. »Was, meint ihr, ist das?«, flüsterte sie.

»Hoffentlich nicht das Gold!«, sagte Henry mit Nachdruck. »Und auch keine Leiche …«

»Haben Sie das auch gehört?«, durchschnitt Mrs Thomas' Stimme die Luft.

Die Kinder duckten sich sofort wieder hinter das Grabmal und taten keinen Muckser. Simon hielt sich einen Finger an die Lippen, sah die anderen an und schüttelte kaum wahrnehmbar den Kopf.

»Nein«, antwortete Officer Myers. »Ständig wollen Sie irgendetwas gehört haben.«

»Und meistens liege ich richtig damit.«

»Na, ich hab jedenfalls nichts gehört«, gab Officer Myers zurück und wieder vernahm Henry drüben das rhythmische Knirschen und Kratzen der Schaufel. Schließlich gab es einen dumpfen Schlag.

»Da wären wir!«, sagte Myers aufgeregt.

»Sieht mir nach einer Kiste aus«, meldete sich Richard Delgado. »Leuchten Sie mal, Julia.«

»Wir müssen auch gucken«, flüsterte Jack und versuchte aufzustehen.

»Gut«, antwortete Simon. »Aber vorsichtig. Schön leise sein.«

Die Kinder lösten sich voneinander und lugten um die Ränder des Grabmals herum.

Die Schatzjäger standen am Rand des Lochs, das Officer Myers gegraben hatte. Richard Delgado lockerte mit der Schaufel etwas, das sich in der trockenen Erde befand.

»Ich hab's«, sagte er schnaufend. »Versuchen Sie mal, sie rauszuheben.«

Officer Myers und Julia Thomas beugten sich über das Loch, griffen hinein und zogen und zerrten. Es gelang ihnen, etwas Dunkles und Rechteckiges anzuheben. Henry konnte erkennen, dass sie sich mit einer kleinen Holzkiste abmühten … als würde der Erdboden von der anderen Seite ziehen und nicht loslassen wollen. Endlich wuchteten sie die Kiste aus dem Loch.

»Sehen Sie?«, sagte Richard Delgado triumphierend. »Kein Sarg. Sondern eine Truhe.«

»Sie ist verschlossen.« Mrs Thomas' Stimme war ganz schrill vor Aufregung.

»Zurücktreten«, wies Officer Myers seine Mitverschwörer an. Henry sah atemlos zu, wie der Polizist seine Pistole aus dem Holster zog und damit auf das Vorhängeschloss der Kiste zielte.

Jack stieß Henry an. »Der SCHIESST es auf!«, flüsterte er und im selben Moment wurde die Friedhofsstille von einem lauten Knall erschüttert.

Die Kinder warfen sich entsetzt zu Boden. *Was, wenn er uns hört?*, dachte Henry. *Und das Ding auf uns richtet?*

»Sehr gut!«, rief Mr Delgado. »Los, machen wir sie auf.«

Delilah und die Jungen sprangen wieder auf und spähten über das Grabmal hinweg.

»Wenn Sie gestatten«, sagte Julia Thomas. »Es ist schließlich die Grabstelle *meiner* Tante.« Sie hockte sich vor die Kiste und hob langsam den Deckel.

## KAPITEL 19

# Reich geerbt

Was als Nächstes passierte, passierte so schnell, dass Henry nicht wusste, wie ihm geschah.

Quietschend hob sich der Deckel der alten Kiste und die angespannte Erwartung der drei Erwachsenen änderte sich prompt.

»Was?«, sagte Mr Delgado.

»Bah«, grunzte Officer Myers.

Mrs Thomas schrie verzweifelt auf. »Nichts als ein Haufen Knochen!«

Henry konnte in der Dunkelheit erkennen, wie sie sich mit der Taschenlampe über die Kiste beugte. »Wahrscheinlich die Knochen von einem Tier.«

Während sie das noch sagte, flog etwas Schnelles, Schwarzes, Wildes durch die Luft – ein schwirrender Ball aus Fell und Krallen – und landete in der offenen Kiste.

Zuerst begriff Henry überhaupt nicht, was vor sich ging. Dann jedoch sah er einen verräterischen weißen Fleck.

»Oh!«, keuchte er. »Das ist JOSIE!« Instinktiv wollte er hinter dem Monument hervorspringen und Josie vor den Grabräubern retten, doch Simon packte ihn am T-Shirt und hielt ihn zurück.

»Nein, Hen«, flüsterte er.

Josie lag in der Kiste und bedeckte mit ihrem ganzen Körper, was darin lag. Ihr Fell war gesträubt, sie hatte die Ohren angelegt und ihre zornerfüllten gelben Augen glühten in der Dunkelheit. Sie fauchte und schrie und schlug nach Mrs Thomas' ausgestreckter Hand.

»Aua!«, kreischte die Bibliothekarin und sprang zurück. »Das ist wieder diese Katze von neulich!« Sie wandte sich zu Officer Myers um. »Sie ist bösartig. Erschießen Sie sie.«

Henrys Herz krampfte sich zusammen. Nun sprangen die anderen auch auf – *Josie erschießen?* –, aber bevor sie etwas unternehmen konnten, sagte Officer Myers: »Seien Sie nicht albern. Das ist nur eine Streunerin. Keine Ahnung, warum sie Ihnen gegenüber so aggressiv ist, aber deshalb werde ich sie ganz sicher nicht erschießen.«

Henry zitterte vor Angst. Was, wenn der Polizist es sich anders überlegte? Sie würden es nie rechtzeitig bis zu Josie schaffen, um sie zu retten. Simon bedeutete ihnen, sich wieder hinter das Grabmal zu ducken, und Henry gehorchte widerstrebend.

Delilah sah ihn aus großen Augen an. »Was macht Josie denn hier? Ist sie uns gefolgt?«

Henry schüttelte verwundert den Kopf. »Keine Ahnung. Ich hab sie nirgends gesehen. Mrs Thomas hat irgendwas an sich, das sie richtig hasst. Sie hat genauso reagiert wie neulich vor der Bücherei, weißt du noch?«

»Aber wieso ist sie dann hier hergekommen?«, fragte Delilah.

»Wir müssen nachsehen, was in der Kiste ist«, flüsterte Simon.

»Diese gruselige Bücherfrau wollte Josie töten!«, hauchte Jack mit großen Augen.

Beim geöffneten Grab wich Mrs Thomas angewidert von Josie zurück und stand auf, während die Katze sie weiterhin anfauchte und schrie. Mrs Thomas wischte sich die Knie ihrer Hosen ab und sagte kühl: »Dann sind wir hier fertig. Richard, Sie können diesen Mist hier morgen früh aufräumen.«

»Tierknochen!«, sagte Mr Delgado. »Ich begreife es nicht. Wieso bestattet jemand ein Tier in einem Grab, das für einen Menschen bestimmt gewesen ist? Meinen Sie, das war ein Schoßtier?«

Henry überlief es eiskalt, als er begriff. *Ein Schoßtier.*

»Wer weiß?«, antwortete Officer Myers. »Und wen interessiert's? Ist jedenfalls nicht das, was wir suchen.«

Julia Thomas entfernte sich von der buckelnden, wütenden Josie. »Ich hab doch gesagt, wir sollten uns auf die Mine konzentrieren. Und einen Plan austüfteln, wie sich an das Gold herankommen lässt.«

Die Erwachsenen sammelten ihr Werkzeug ein und verließen knurrig vor Enttäuschung den Friedhof, während die Kinder sich hinter dem Grabmal vor Angst nicht rührten.

Als das schmiedeeiserne Tor mit einem dumpfen Geräusch zufiel, wagten sie sich aus ihrem Versteck und gingen über das Gras zu dem offenen Grab. Henry konnte die Rücken der drei Erwachsenen ausmachen, die zum Haus gingen; auch das Murmeln ihrer Stimmen war noch zu hören.

»Sprecht leise«, warnte Simon. »Sehen wir nach, was Josie so aufgeregt hat.«

Auf dem Boden stand eine kleine, splitterige Kiste, dunkel vom Erdreich. Der Deckel war nach hinten geklappt. Josie kauerte darin, füllte sie aus und bedeckte ihren Inhalt.

»Josie«, sagte Simon. »He, Josie.« Er schnippte mit den Fingern. Sie hob den Kopf und starrte ihn an. Henry fiel auf, dass ihr Fell jetzt wieder glatt war. Sie hatte jedoch immer noch die Ohren angelegt; ein klares Zeichen, dass sie sauer war.

»Wieso bleibt sie denn da hocken?«

»Ich glaube, sie passt darauf auf«, sagte Henry.

»Ich nehm sie hoch«, sagte Jack. Er bückte sich und nahm sie hoch, worauf sie sich versteifte und fauchend zu entkommen versuchte. Doch Jack hielt sie fest.

Mit einem kurzen Blick zum Haus des Friedhofswächters – wo alles ruhig war und die Tür geschlossen – knipste Simon seine Taschenlampe an. Ein Haufen zierlicher Knochen leuchtete weißlich in der dunklen Kiste auf. In der einen Ecke sah Henry einen kleinen, länglichen Schädel. Ihn überlief ein Schaudern und er sah, wie Josie versuchte wieder in die Kise zu springen.

»Was ist denn los mit ihr?«, beschwerte Jack sich und drückte sie fest an seine Brust.

»Das ist ein Tier«, sagte Simon langsam.

»Eine Katze«, ergänzte Henry. »Die schwarze Katze aus dem Saloon. Die Julia Thomas gehört hat.«

»Die auf dem Bild, die aussieht wie Josie?«, fragte Jack. »Woher weißt du das?«

»Ich weiß es eben.« Henry sah zu Delilah. Ihr Gesicht im schwachen Schein der Taschenlampe war schmerzerfüllt.

»Darum ist Josie so sauer«, sagte sie. »Und darum hasst sie die Bibliothekarin … die so tut, als wäre sie die echte Julia Thomas, aber es nicht ist. Josie merkt das.«

»Ach komm«, sagte Simon. »Sie ist eine Katze. Woher soll sie das wissen?«

»Weil es eine Verbindung gibt, Simon«, sagte Henry verzweifelt. »Das ist der Beweis! Josie ist die wiedergeborene Katze von Julia Thomas.« Er nahm die sich immer noch sträubende Josie aus Jacks Griff. »Ist schon gut, Josie«, sagte er und strich ihr über den seidigen Kopf. »Wir legen sie wieder in die Erde zurück.«

Delilah kniete sich hin, klappte rasch den Deckel wieder über das Skelett und drückte ihn fest. Im selben Moment spürte Henry, wie Josie sich entspannte. Ihre Ohren zuckten.

»Wartet«, sagte Simon. »Selbst wenn es stimmt und Josie irgendwie eine … wiedergeborene Katze aus dem 19. Jahrhundert ist, können wir die Kiste nicht zumachen und wieder vergraben. Dann merken sie doch, dass wir hier waren. Wir müssen alles so lassen, wie es ist.«

»Nein.« Delilah zerrte die Holzkiste bereits Richtung Loch. »Das ist ein Grab! Das hätte niemand je anrühren sollen.«

»Sie hat Recht«, sagte Henry. »Wir sollten die Kiste wieder zurücktun, auch auf die Gefahr hin, dass Mr Delgado morgen früh etwas merkt.«

»Auf die *Gefahr* hin?« Simon riss verzweifelt die Hände hoch. »Natürlich merkt er was! Hör auf, Delilah.« Er setzte seinen Fuß vor die Kiste und versperrte ihr den Weg.

Delilah wirbelte herum und Henry konnte trotz der Dunkelheit sehen, wie ihre Augen blitzten. »Lass das! Ich tu sie wieder zurück.«

»Tust du nicht«, sagte Simon scharf. »Das ist Wahnsinn. Dann hätten wir uns doch gar nicht erst verstecken müssen! Dann hätten wir uns ebenso gut zeigen und ihnen helfen können.«

»Ich hätte ihnen NICHT geholfen«, sagte Jack, der Simon falsch verstand. »Die sind böse. Und Josie kann sie nicht leiden.«

Josie wand sich aus Henrys Griff und schlich geräuschlos in die Schatten davon, wo sie sich hinsetzte und sie beobachtete.

Delilah beugte sich vor und zog an der Kiste. Simon setzte seinen Fuß darauf und hielt sie fest.

»He! Lass das!«, protestierte Delilah.

»Du bist viel zu laut«, sagte Simon. »Die werden dich hören. Willst du das? Willst du, dass sie uns erwischen?«

»Nein, will sie nicht«, mischte Henry sich ein. »Aber wir müssen die Kiste vergraben. Ein Grab ist« – er zögerte und suchte nach dem richtigen Wort – *»geweiht.«*

»Was heißt das?«, wollte Jack wissen.

»Heilig«, sagte Henry. »Geweihte Erde, die nicht aufgewühlt werden sollte.«

Jack sah sich nervös um. »Heißt das, die Geister sind jetzt vielleicht sauer?«

Simon ächzte. »So etwas wie Geister gibt es nicht.«

Er drehte sich flehend zu Henry um. »Hen, das ist das Grab einer *Katze*«, sagte er, aber Henry konnte spüren, dass er nachgab.

Mit einem letzten kräftigen Ruck zerrte Delilah die Kiste unter Simons Fuß hervor und kippte sie zurück in das offene Grab, wo sie mit einem dumpfen Geräusch landete.

»So!« Delilah stand auf. Sie wischte sich die Hände ab. »Und jetzt machen wir die Erde wieder drauf.«

»Das ist verrückt«, schimpfte Simon resigniert. »Dann wissen sie, dass wir hier waren.«

»Also *mir* machen die keine Angst!«, verkündete Jack. »Ich hab vor nichts Angst« – er runzelte die Stirn – »außer vor diesem Fluch.« Er drehte sich zu Henry um. »Versprich mir, dass wir mein Gold zurückbringen! Und zwar BALD.«

»Machen wir, Jack. Versprochen.« Im schwachen

Mondlicht konnte Henry das dunkle Massiv des Superstition Mountain über der Wüste ausmachen. Das Schicksal wollte es so, dass sie dort noch einmal hingingen. Die Frage war nur, wollte es auch, dass sie wieder zurückkehrten?

Mit den Händen schaufelten sie den Erdhaufen wieder auf die Kiste. Dann schoben sie mit den Turnschuhen die restliche Erde ins Loch.

Am Rand des Grabs saß Josie so still wie eine Statue; nur ihr Schwanz zuckte. Sie sah zu, bis der letzte Klumpen Erde wieder an seinem Platz war, dann wandte sie sich ab und schoss in die Nacht davon.

Delilah kniete sich hin und glättete geduldig die Oberfläche.

»So. Das ist besser.« Sie ging auf die Fersen zurück und starrte auf den dunklen, verwitterten Grabstein. »Hm. Simon, leuchte ihn mal an.«

Simon richtete den Strahl seiner Taschenlampe auf den Grabstein mit der Inschrift JULIA ELENA THOMAS. »Was ist denn?«

Delilah zeigte auf die Daten unter dem Namen. »Als wir letztes Mal hier waren, dachte ich, da steht 1825, aber das heißt wohl eher 1875, oder? 1875 bis 1896. Es könnte also die Lebensspanne einer Katze sein.«

»Einundzwanzig Jahre? Ganz schön lang«, sagte Simon skeptisch.

»Na, sie sollen ja auch neun Leben haben«, sagte Henry. »Hoffentlich wird Josie so alt.«

»Wo ist sie eigentlich abgeblieben?«, fragte Jack.

»Sie ist bestimmt längst zu Hause.« Simon leuchtete über die gespenstische, bleich im Mondlicht liegende Landschaft von Grabsteinen.

Dann sahen sie Josie.

Sie war nur ein paar Meter entfernt und lag ausgestreckt oben auf einem Grabstein. Sie wirkte ruhig und entspannt, ganz anders als vorhin. Eine Pfote hing hinunter und schien fast auf den Namen zu zeigen, der dort in großen Blockbuchstaben eingemeißelt stand.

Henry erstarrte. »He«, sagte er. »Ist das nicht …«

Delilah stand auf und berührte sanft seinen Arm.

Ohne ein Wort zu sagen, richtete Simon den Strahl auf den Namen und sie wussten alle schon vorher, was dort stehen würde.

# KAPITEL 20
# Die Goldmine lockt

BARKER.

Dort im weißen Lichtfleck: die vertrauten Buchstaben ihres Namens, in den Stein gemeißelt.

Langsam gingen sie auf das Grab zu. Josie spitzte die Ohren und sah sie ruhig an, den Schwanz zu einem Fragezeichen gebogen.

Es hatte noch immer etwas Schockierendes: ihr Name – der Name ihrer Mutter und ihres Vaters! – auf einem Grabstein, hier an diesem einsamen Ort, mitten in der Wüste.

»Wenigstens stehen keine Jahreszahlen drauf«, sagte Delilah. »Das wäre echt gruselig.«

»Wenn es Jahreszahlen gäbe«, widersprach Henry, »dann würden wir wissen, dass es das Grab für jemand anderen ist.«

Simon schüttelte den Kopf. »Es *ist* für jemand anderen, Hen. Krieg dich ein.« Er ließ den Lichtkegel der Taschenlampe über die Granitoberfläche wandern und beleuchtete jeden einzelnen Buchstaben. »Wisst ihr, was komisch ist? Das Grab hier ist nicht so alt wie die anderen. Schaut euch den Stein an.«

Henry wusste, was er meinte. Obwohl die Inschrift aus dünnen, hellen Linien bestand, war sie ganz deutlich. Der Granit war glatt und klar, nicht porös und fleckig wie bei den anderen Grabsteinen ringsum. Ein Grabstein, auf dem BARKER stand und der neu war, ohne Jahreszahlen … das wurde ja immer schlimmer! Doch noch während sein Herz immer heftiger schlug, so dass er schon Angst hatte, es könnte jeden Moment stehenbleiben, fiel Henry etwas ein.

»Wartet mal.« Er schob die Hand in die Hosentasche und tastete nach dem zusammengefalteten Lageplan des Friedhofs. »Ich glaube …« Er zog das zerknitterte Blatt heraus und faltete es auf. »Leuchte mal, Simon! Ich glaube, das ist die Stelle, wo …«

»Das ist Onkel Hanks Grabstelle!«, verkündete Simon prompt. Er schnappte sich die Karte und hielt sie gegen den Grabstein. »Hier ist das Grab von Julia Thomas.« Er zeigte auf den einen Kuliring, den Henry gemalt hatte, und richtete die Karte nach der Umgebung aus. »Das bedeutet also …«

Delilah schob sich neben ihn. »Es sind drei Gräber dazwischen. Hier, hier und hier.«

»Schaut!«, sagte Henry. »Da sind die drei Gräber und damit muss das hier Onkel Hanks Grabstelle sein.«

»Wir haben sie gefunden!«, rief Jack triumphierend.

»Pssst«, machten die anderen.

Die ganze Aufregung störte Josie; sie sprang von ihrem Hochsitz herunter und schoss in die Nacht davon.

Stirnrunzelnd richtete Simon die Taschenlampe wieder auf den Grabstein mit der Inschrift BARKER. »Onkel Hank hat eine Grabstelle gekauft, obwohl er sich einäschern lassen wollte. Er hat sogar einen Grabstein aufstellen lassen. Und zwar mit unserem Familiennamen drauf. Das ergibt doch keinen Sinn.«

»Außer er hat das für uns gemacht«, sagte Henry langsam. »Vielleicht hat er hier etwas für uns hinterlassen.«

Simon nickte. »Und so dafür gesorgt, dass wir es finden. Es muss etwas sein, das er nicht in sein Testament aufnehmen wollte. Oder etwas, von dem er dachte, dass es vielleicht jemand zu stehlen versucht, bevor wir es bekommen. Also hat er es hier vergraben und unseren Namen auf den Stein meißeln lassen.«

»Aber wie konnte er denn davon ausgehen, dass ihr zum Friedhof kommen würdet?«, fragte Delilah. »Er musste doch damit rechnen, dass ihr nicht mal auf die Idee kommt, weil er doch eingeäschert worden ist.«

»Na, wegen des Briefes«, sagte Henry. »Er hat geschrieben, dass unser Name den Tod überdauern würde, und hier steht er doch.« Er deutete auf den Grabstein und hatte wieder dieses merkwürdige Gefühl von Endgültigkeit beim Anblick ihres Namens im Granit.

»Außerdem waren wir schon auf dem Friedhof, bevor wir den Brief bekommen haben«, sagte Simon. »Einfach, weil es ein spannender Ort ist.«

»Ja«, gab Jack ihm Recht.

Sie standen in einem Halbkreis um das Grab herum und in alle Richtungen erstreckten sich Grabsteine.

»Ich will aber nicht in noch einem Grab herumwühlen«, sagte Delilah.

Henry sah ihr erschöpftes Gesicht und fragte sich, wie es ihr wohl damit ging, hier auf dem Friedhof zu stehen, wo sie doch von ihnen die Einzige war, die wirklich wusste, was Tod bedeutete.

Simon dagegen war von ihrem Protest wenig beeindruckt. »Es ist ja kein Grab.«

»Genau!«, verkündete Jack. »Und vielleicht liegt da drin ein SCHATZ.«

»Das habt ihr über das andere Grab auch gesagt«, hielt Delilah dagegen. »Und dann war eine tote Katze drin.«

»Die andere Josie«, ergänzte Jack.

»Nein, Leute.« Simon seufzte und sah auf seine Armbanduhr. »Es ist neun. Wir sollten los.«

Henry sah ihn überrascht an. Erst neun? Er hatte das Gefühl, sie wären schon seit Stunden auf dem Friedhof gewesen. Mit dem Halbmond am Nachthimmel, den fahlen Reihen von Grabsteinen und der pulsierenden Stille hätte es ebenso gut nach Mitternacht sein können.

»Wir lassen es einfach hier?«, fragte er bestürzt.

»Das Grab?« Simon schnaubte. »Ähm, klar. Wir können es ja schlecht mitnehmen. Und einen Spaten haben wir auch nicht dabei.« Er sah kurz zu Delilah. »Aber ich glaube, du hast Recht, Hen. Er hat hier etwas für uns hinterlassen.«

*Aber was?*, fragte Henry sich. Etwa das Gold, das er gefunden hatte? Den Totenschatz von Jacob Waltz?

Simon leuchtete Richtung Zaun. »Folgt mir. Wir müssen uns gegenseitig rüberhelfen.«

Sie zockelten ihm hinterher, traten leise um die grasbewachsenen Gräber herum oder darüber hinweg, bis sie beim Weg angelangt waren. Es war inzwischen kühl geworden und das ferne Rascheln von Wüstentieren hallte in der Stille nach. Was war dort draußen?

»Das ist ein guter Ort für Geister«, flüsterte Jack und sah sich um.

Henry hielt den Blick auf den Weg gerichtet. Er ertrug es nicht, die Grabsteine anzusehen, an denen sie schweigend vorbeimarschierten. Er hatte Angst, noch andere Namen zu entdecken, die er kannte.

Dann kamen sie zum Zaun. Hinter den spitzenbewehrten Stangen konnte Henry gerade noch die Schwärze des Superstition Mountain ausmachen, ein verschwommenes Rätsel. Allzu bald würden sie dort wieder sein. Er spürte, dass der Berg auf sie wartete.

Nach einem hastigen Abschied von Delilah am Ende ihrer Straße strampelten die Jungen wie wild nach Hause und bogen gerade in die Auffahrt ein, als ihr Vater die Recyclingtonne auf die Straße stellte.

»Da seid ihr ja endlich!«, rief er. »Eure Mutter hat gerade bei Delilah zu Hause angerufen und nach euch gefragt.«

»Wir sind raus zum Friedhof gefahren«, sagte Simon sofort.

»Im Dunklen?« Mr Barker zog die Augenbrauen hoch. »Klingt gruselig.«

»War es auch!«, erklärte Jack. »Aber Geister haben wir keine gesehen«, fügte er enttäuscht hinzu.

»Ach so, na ja«, sagte Mr Barker. »Vielleicht nächstes Mal.«

Mrs Barker war nicht so verständnisvoll. »Es ist fast halb zehn!«, schimpfte sie. »Wenn ihr es nicht schafft, bis um neun zu Hause zu sein, müssen wir die späteste Uhrzeit wohl vorziehen.«

Henry fand das wenig einleuchtend, wie so viele elterliche Vorschriften. Wenn sie es nicht bis neun schafften, dann musste ihre späteste Uhrzeit doch eindeutig nach HINTEN geschoben und nicht vorgezogen werden. Aber das Denken von Eltern war voller Widersprüche und hatte oft nur wenig mit Logik zu tun.

»Jaja, schon gut«, sagte Simon. »Entschuldige! Wir sind rumgefahren und haben die Zeit vergessen.«

»Es gefällt mir sowieso nicht, wenn ihr so spät noch mit dem Rad unterwegs seid«, hatte Mrs Barker gleich noch einen weiteren Vorwurf auf Lager. »Ein Auto könnte euch anfahren.«

»Wir sind draußen beim Friedhof gewesen«, versicherte Simon ihr. »Da gab's überhaupt keinen Verkehr.«

»Das ist ja noch schlimmer. Wenn nun einem von euch etwas passiert wäre? Niemand hätte euch helfen können!«

Diese Auseinandersetzung konnten sie nur verlieren, fand Henry, als ihre Mutter sie den Flur zu ihren Zimmern hinunterscheuchte.

Minuten später versammelten sie sich im Badezimmer um das Waschbecken und waren endlich unter sich.

»So, und wann fahren wir wieder zum Friedhof und heben das Grab aus?«, fragte Simon. »Morgen?«

»Nein!«, protestierte Jack. »Erst müssen wir das Gold zurückbringen! Bevor ich sterbe«, fügte er düster hinzu.

Simon verdrehte die Augen. »Jetzt pass mal auf, Jack. Es ist Wochen her, dass du das Gold genommen hast, und es ging dir die ganze Zeit über gut. Ein paar Tage mehr spielen bestimmt keine Rolle.«

»Aber auf dir liegt ja auch kein Fluch.«

»Auf dir doch auch nicht! Komm schon. Möchtest du denn nicht rausfinden, was in Onkel Hanks Grab liegt? Vielleicht ja Geld? Oder Edelsteine? Oder Gold, das wir wirklich behalten können?« Simons Augen leuchteten und er rieb sich die Hände. »Vielleicht sind wir ja bald REICH. Richtig reich! Und diesmal wird es ganz einfach, weil wir uns nicht den Kopf zerbrechen müssen, wie wir das Gold vom Berg runterkriegen.«

»Na ja ...« Henry zögerte. »Delilah hat schon Recht. Das haben wir vorhin auch gedacht und dann war da eine tote Katze drin.«

»Was nur bedeutet, dass das Gold von Jacob Waltz woanders versteckt ist!«, sagte Simon. »Und wir diejenigen sein könnten, die es finden.«

»Dir ist total egal, ob ich STERBE«, protestierte Jack wütend. »Du willst bloß reich werden.« Er ballte die Faust und boxte Simon auf den Arm.

»Auuu!« Simon fuhr herum, packte Jack bei den Schultern und stieß ihn gegen die geschlossene Badezimmertür.

»He, aufhören!«, flüsterte Henry eindringlich und schob sich zwischen die beiden. »Oder gleich kommt Mom wieder und will wissen, was los ist.«

Während Jack weiterhin nach Simon schlug, versuchte Henry vernünftig mit ihrem großen Bruder zu reden. »Komm schon, Simon. Wir haben ihm beide versprochen, dass wir das Gold am Sonntag zur Mine zurückbringen. Weißt du noch? Wenn Mom und Dad mit Tante Kathy und Emmett ins Kunstmuseum fahren.«

»Aber das ist noch zwei Tage hin!«, protestierte Simon. »So lange will ich nicht damit warten, in Onkel Hanks Grab nachzusehen.«

»Ich weiß«, sagte Henry. »Aber vorher dürfte es

schwierig werden, noch mal zum Friedhof zu fahren. Tagsüber geht es nicht, weil dann vielleicht jemand sieht, wie wir dort graben. Und dass wir abends noch mal so spät nach Hause kommen, erlauben Mom und Dad erst mal nicht. Außerdem, wenn Mr Delgado sieht, dass das Grab von Julia Thomas wieder zu ist, wird er misstrauisch sein … also sollten wir da so schnell nicht wieder hin.«

Simon fuhr sich durch die Haare. Er war stinksauer. »Ich hab doch gesagt, dass wir die Kiste besser nicht wieder vergraben!«

Henry zuckte mit den Schultern. »Tja, das lässt sich jetzt nicht mehr ändern. Also können wir ebenso gut auf den Berg steigen und das Gold zurückbringen. Stimmt's?«

Simon seufzte. »Ja, kann sein.«

»Und ob«, fügte Jack hinzu und trat Simon zur Sicherheit noch vors Schienbein. Simon funkelte ihn an, doch bevor er es ihm heimzahlen konnte, klopfte ihre Mutter an die Tür.

»Jungs, Beeilung! Es ist Schlafenszeit.«

Brav trotteten sie aus dem Bad und verteilten sich

auf ihre Zimmer. Als Henry zwischen die kühlen Laken kroch, rasten seine Gedanken. Er zog die Nachttischschublade auf und tastete nach Onkel Hanks Brief.

Im schwachen Schein des Nachtlichts las er noch einmal die Worte, die ihm sein Großonkel vor seinem Tod geschrieben hatte:

*Lieber Henry,*
*Dein Name ist mein Name. Er wird den Tod überdauern – so wie sich ein Ort um den Tod drehen und ihn zugleich überdauern kann. Wenn Du daran glaubst, dann weißt Du, wo Du etwas finden kannst, das ich für Deine Brüder und Dich hinterlassen habe.*
*Lebe gut, Henry.*
*Dein Dich liebender Onkel Hank*

Sorgfältig faltete er den Brief wieder zusammen und legte ihn zurück in die Schublade. *Lebe gut, Henry.* War es ein Wunsch? Oder eine Aufforderung?

## KAPITEL 21

# Rückkehr zum Superstition Mountain

Es erforderte einige Überredung von Seiten der Jungen, bis ihre Eltern sie zu Hause ließen und allein mit Tante Kathy und Emmett nach Phoenix fuhren, um den Tag im Kunstmuseum zu verbringen. Mrs Barker hatte sich schon die ganze Woche auf einen Familienausflug gefreut; Mr Barker wollte, dass die Jungen mitkamen, weil er dann ein Publikum für seine Scherze über moderne Kunst hatte. Aber als Simon versprach, dass sie die Garage aufräumen würden, spürte Henry, wie seine Eltern ins Wanken gerieten. Die Garage war das Einzige, was seit ihrem Einzug in Onkel Hanks Haus am Anfang der Sommerferien noch nicht in Ordnung gebracht worden war. An der hinteren Wand stapelten die Umzugskartons bis unter die Decke, manche hastig durchwühlt auf der Suche nach bestimmten Sachen, andere nach wie vor zugeklebt. Die Garage war Mr Barkers Domäne, also mischte Mrs Barker sich nicht ein. Da Mr Barker kein Interesse an einem bestimmten Ordnungssystem oder jedenfalls keine Zeit darin investiert hatte, war die Garage der einzige Bereich im Haus, wo die Jungen freie Hand hatten.

»Gleiches zueinander«, wies Mr Barker sie an. »Mehr verlange ich nicht.«

»Was soll das heißen?«, fragte Jack. »Wir sortieren nach Farben oder Formen?«

Henry stellte sich kurz vor, wie Fahrradreifen, Schlüsselringe und Frisbees in dieselbe Kiste kamen, weil sie alle rund waren. Oder die Grillzange zur Rohrzange; lecker. »Nein, Jack. Es heißt, wir packen die Sachen zusammen, die« – er suchte nach dem richtigen Wort – »eine *Einheit* bilden.«

Mr Barker lachte und zerraufte Henrys Locken. »Ja, genau! Eine Einheit, keinen Mischmasch. Meint ihr, ihr kriegt das hin?«

»Klar«, sagte Simon begeistert. »Überlass das nur uns! Hier sieht es nachher tipptopp aus.«

»Na ja.« Mrs Barker seufzte. »Über eine aufgeräumte Garage würde ich mich schon freuen. Aber noch viel schöner fände ich es, wir würden alle zusammen ins Museum gehen! Ich hab das Gefühl, als wären wir die ganzen Ferien lang nur hier eingezogen. Ich würde gern mal was unternehmen.«

Henry konnte nur staunen, wie sehr sich die Wahrnehmung seiner Mutter von seiner eigenen unterschied, was die Ferien betraf. Sie hatten nichts anderes gemacht außer *einziehen*? Damit waren sie doch am wenigsten beschäftigt gewesen! Sie waren schon allein dreimal auf den Superstition Mountain gestiegen. Sie hatten eine seit langem geheime Goldmine entdeckt. Sie waren einem Fluch und einer Verschwörung und Onkel Hanks wahrer Liebe auf die Spur gekommen. Auf einmal kam es Henry so vor, als würden seine Eltern und er parallele Leben führen, auf ähnlichen Kursen, die sich aber nie ganz trafen … am selben Ort, mit denselben Requisiten, aber angefüllt mit total unterschiedlichen Erfahrungen.

»Wir dürften um fünf zurück sein«, sagte Mrs Barker. »Bitte passt auf, wenn ihr die Kartons herunterhebt! Manche sind schwer.«

»Machen wir«, sagten die Jungen im Chor und versuchten nicht den Eindruck zu erwecken, dass sie nur darauf warten würden, dass ihre Eltern endlich verschwanden.

Delilah kam genau wie verabredet und für die nächsten zwei Stunden arbeiteten sie alle hektisch daran, die Garage in Ordnung zu bringen. Jack war für das Öffnen und Ausleeren der Kartons zuständig; geräuschvoll und mit Begeisterung riss er die Paketbandstreifen ab, breitete die Sachen auf dem Boden aus, trat die Kartons flach und stapelte sie aufeinander. Henry sortierte die Gartenschaufeln, Tennisschläger, Harken und Schläuche in die zutreffenden Gruppen ein und Delilah ordnete sie auf den Regalbrettern und an den Wänden an. Simon war ausschließlich für die Werkbank ihres Vaters zuständig, wo er sich dranmachte, um irgendeine Ordnung in die überwältigende Ansammlung von Schraubenschlüsseln, Schrauben und Bohrspitzen zu bringen.

»Tempo halten!«, befahl er in regelmäßigen Abständen. »Wir müssen uns um elf auf den Weg zum Berg machen. Es soll knallheiß werden.«

»Ich hab diesmal extra noch mehr Wasser eingepackt«, sagte Delilah.

»Ja, ich auch.«

Simons schwarzer und Delilahs pinkfarbener Rucksack standen an der hausseitigen Wand und waren mit allem Nötigen für ihre Bergtour gefüllt; hinzu kamen Handschaufel, Seil und Taschenlampe. Henry war jetzt schon durstig und verschwitzt und ein dünner Schmutzfilm überzog seine Haut. Aber sie hatten es fast geschafft. Draußen in der Auffahrt trat Jack gerade den letzten Karton platt und sprang wild auf der Pappe herum.

»Ich fege noch«, bot Henry an. »Dann können wir los.« Er nahm den großen Straßenbesen und räumte damit Staub und Krümel auf einen Haufen.

»Hey, das sieht ja richtig toll aus!«, verkündete Jack überrascht. »Wir haben GUTE Arbeit geleistet!«

Henry musste zugeben, dass die Garage wie verwandelt war. Die Umzugskisten waren verschwunden. Die Wände und Regale waren so ordentlich wie in einem Heimwerkerladen. Mr Barkers Werkbank voller Geräte und Kleinteile in Fächern und Kästen glänzte und der Fußboden war sauber gefegt.

»Mom wird sich freuen«, sagte er. »Und wir haben nicht mal so lange gebraucht.«

»Weil ich euch geholfen habe«, sagte Delilah lässig.

Normalerweise hätte Henry sich an ihrer selbstgefälligen Art gestört. Aber ihm wurde allmählich klar, dass sie meistens gar nicht so falschlag, wenn sie mit ihren Fähigkeiten oder Charaktereigenschaften angab … und deshalb kam es ihm immer weniger wie Angeberei vor, sondern mehr wie die Feststellung von Tatsachen.

Binnen weniger Minuten wuschen sie sich Hände und Gesichter, gingen aufs Klo, tranken noch einmal ordentlich aus dem Wasserhahn in der Küche und schmierten sich so gründlich mit Sonnenmilch ein, dass es im Haus durchdringend nach Mango und Kokosnuss roch. Jack hatte seine Sammlung Goldflocken in einen durchsichtigen Plastikbeutel getan, den er nun in das Sonnenlicht hielt, das durch die Schiebetüren der Veranda fiel. Das Gold glitzerte und funkelte.

Er seufzte. »Wenn ich es doch bloß behalten könnte«, sagte er missmutig.

»Also bitte, Jack«, schimpfte Simon. »Du liegst uns seit Tagen damit in den Ohren, dass wir es so bald wie möglich zurück in die Goldmine bringen sollen! Jetzt überleg mal, was du willst.«

Jacks Gesicht verdüsterte sich. »Das hab ich gesagt, weil ich nicht STERBEN will. Trotzdem würde ich es am liebsten behalten.«

Henry legte ihm einen Arm um die Schultern. »Das Wichtige ist, dass du die Goldmine gefunden hast. Das ist es, was wirklich zählt. Auch ohne das Gold wirst du immer wissen, dass du das geschafft hast.«

»Kann sein. Aber ich will mein Gold behalten.«

Er beklagte sich noch darüber, als sie schon die Rucksäcke schulterten und ihre Wanderung durch die Hügel antraten, die sie von den wilden Klüften des Superstition Mountain trennten.

Der erste Teil des Aufstiegs war Henry so vertraut, dass er schnell geschafft war – eine verschwommene Abfolge von Büschen und dornigen Gräsern sowie gelegentlich einem prächtigen Kaktus oder einer Stelle mit leuchtenden lila und gelben Wildblumen. Als das Gelände felsiger und steiler wurde, fielen ihm die Überreste ihrer früheren Erkundungstour auf: einige der Stöcke, die Simon in den Sand gesteckt hatte, um ih-

ren Weg zu markieren, als sie den Berg das allerersste Mal bestiegen hatten, im Juni. Nach einiger Zeit wandte er sich um und sah die zur Bedeutungslosigkeit zusammengeschrumpften Häuser ihres Viertels; sie erinnerten ihn an die kleinen grünen Häuser in dem Brettspiel Monopoly, das er manchmal mit seinen Brüdern spielte. Langsam setzte sich der Berg durch, grimmig in seiner Stille.

»Es sieht fast so aus, als ob es regnen könnte«, sagte Delilah irgendwann und blieb stehen, um sich kurz an einem Fels auszuruhen. Hoch über ihnen gleißte die Sonne, aber der Himmel war von seltsamen Wolkenschleiern überzogen, die immer wieder das Licht dämpften.

»Ja«, stimmte Simon zu. »Ich glaube, seit wir hier wohnen, hat es noch nicht geregnet. Oder?«

Henry konnte sich nicht erinnern, dass es in den Ferien irgendwann geregnet hätte. Ihm fielen die kräftigen Sommerregen in Chicago ein und das üppige Grün ihres alten Gartens. Hier war es staubtrocken; eine Gegend, die von Natur aus staubtrocken war.

Sie stiegen höher. Ab und zu flitzte eine kleine braune Eidechse unter einem Busch hervor und musterte sie mit ihren glänzenden Augen. Die einzigen Geräusche waren das Zwitschern von Vögeln, das Knirschen der Steine unter ihren Schuhsohlen und ihr lautes Atmen, als der Anstieg steiler wurde. Die Anstrengung brachte sogar Jack zum Schweigen.

Henry ging hinter Delilah und musste an ihren letzten Ausflug auf den Berg denken, als sie noch einen Gips getragen und kaum hatte mithalten können.

»Tut dein Bein eigentlich noch weh?«, fragte er.

»Nein!« Sie lächelte zu ihm nach hinten. »Es wird mir jetzt viel leichter fallen, runter in den Canyon zu klettern. Vielleicht kann ich sogar nach dem Kompass von meinem Dad Ausschau halten.«

Henry erinnerte sich noch lebhaft an den Moment, als ihr der Kompass aus der Hand gerutscht war, sie danach gegriffen hatte und dann die Canyonwand hinuntergerollt war und sich das Bein gebrochen hatte.

»Ich hoffe echt, dass wir ihn finden«, sagte er.

»Ja, ich auch. Aber ich kann es mir irgendwie nicht vorstellen. Bestimmt hat ihn inzwischen ein Tier weggetragen oder er liegt unter irgendwas drunter.«

Henry war überrascht, wie fröhlich sie klang. »Du scheinst dir irgendwie gar nicht mehr so viele Sorgen deswegen zu machen.« Er sah sie an.

Delilah seufzte. »Na ja, ich hätte ihn wirklich gern wieder, weil er meinem Dad gehört hat. Wenn ich etwas berühre, das ihm gehört hat, dann muss ich immer daran denken, dass er das auch angefasst hat … verstehst du?«

Henry nickte. So ging es ihm auch immer mit dem

Brief, den Onkel Hank ihm geschrieben hatte; es fühlte sich an, als würde der Geist seines Großonkels durch das Papier in seine Hände fließen.

»Aber dann«, fuhr Delilah fort, »dachte ich, mein Dad würde nicht wollen, dass ich mich über den Verlust des Kompasses aufrege. Er würde sagen: *Das ist doch bloß eine Sache, nichts Wichtiges.* Sachen sind nicht so wichtig wie Menschen.«

»Stimmt. Aber sie können einem dabei helfen, sich an Menschen zu erinnern.«

Delilah nickte. »Darum wäre es ja toll, wenn ich ihn wiederfände. Aber ich *muss* ihn nicht mehr wiederhaben, wie es noch am Anfang der Ferien gewesen ist.«

Henry lächelte sie an. »Das ist gut.«

»He«, sagte Delilah plötzlich und blieb stehen.

»Was?« Henry wäre fast in sie hineingelaufen.

»Hast du das gesehen?«

»Was denn?«

Delilah runzelte die Stirn und spähte in das Mosaik aus Büschen und Felsen. »Ich dachte, ich hätte was gesehen.«

Henry folgte ihrem Blick in die Dickichte aus graugrüner Vegetation, die sich den Pfad entlangzogen. »Einen Vogel vielleicht?«

Delilah schüttelte den Kopf. »Etwas Größeres.«

Ein Stück weiter vorn blieb jetzt auch Simon stehen und machte seinen Rucksack auf. »Machen wir mal eine Trinkpause«, schlug er vor.

»Ja, ich hab Durst!« Jack riss ihm die Wasserflasche aus der Hand.

Sie sammelten sich um einen großen rötlichen Felsen, schraubten ihre Flaschen auf und tranken mit großen Schlucken. Das Leitungswasser war immer noch kühl und als es Henry den Hals hinunter bis aufs T-Shirt troff, war er voller Staunen, dass etwas so Gewöhnliches so gut schmecken konnte.

Delilah musterte immer noch nervös die Büsche.

»Was ist denn los?«, fragte Simon.

Sie drehte mit einer Hand ihren Zopf. »Ich glaube, jemand verfolgt uns.«

Henry wandte sich überrascht zu ihr um. »Du meinst Officer Myers und die anderen?«

Simon stellte sich zu ihr und spähte in das dichte Gestrüpp. »Hast du jemanden gesehen?«

»Ich habe *etwas* gesehen. In den Büschen. Und …« Sie zögerte. »Ich kann es spüren.«

Henry sah sich zwischen den stacheligen Kakteen, rotbraunen Felsen und verkümmerten Bäumen um. Nun spürte auch er wieder deutlich die gewaltige Stille des Berges, die etwas von gespannter Erwartung hatte.

Jack zuckte mit den Schultern. »Hier oben ist's doch immer gruselig.«

»Es ist mehr als das.« Delilahs Blick huschte über die Landschaft.

»Ich hab mich vorhin beim Losgehen davon überzeugt, dass uns niemand folgt«, sagte Simon. »Aber die haben das schon mal hingekriegt, ohne dass wir sie bemerkt haben. Also halten wir lieber die Augen offen. Abgesehen davon sind wir schon fast beim Canyon.«

Delilah wollte ihre Wasserflasche nicht hergeben, aber die übrigen wurden wieder verstaut. Henry und Simon schulterten die Rucksäcke, dann setzten sie ihren Aufstieg fort.

Sie waren nur ein kurzes Stück gegangen, da packte Delilah Henrys Arm.

»Sieh doch!«, flüsterte sie und presste sich die Wasserflasche an die Brust. »Da drüben.«

# KAPITEL 22
# »Unter Beobachtung …«

Delilah zeigte in das dornige Unterholz. Diesmal sah Henry auch etwas – den Schatten einer Bewegung, gefleckt von Sonnenlicht. Und nun spürte er es auch: das rätselhafte Gewicht eines Blicks, der auf ihm ruhte. Trotz der Hitze überlief ihn ein Schauer.

»Simon«, sagte er leise. »Wir werden verfolgt.«

Simon ließ seinen Rucksack hinabgleiten und trat an den Rand des Pfades. »Wer ist da?«, rief er.

Henry hielt das für ganz schön gewagt. Was sollten sie denn machen, wenn jemand antwortete? Erst recht, wenn es Officer Myers war, mit seiner Pistole?

Aber die Bäume schwiegen. »Ich kann es spüren. Jemand beobachtet uns«, sagte Delilah und sah Henry an.

»Ich weiß«, antwortete Henry. Eine schwache elektrische Spannung pulsierte durch die Luft. Es war mehr als die seltsame Atmosphäre des Berges; es fühlte sich näher an und persönlicher.

»Gehen wir weiter«, sagte Simon grimmig. »Je schneller wir zur Mine kommen, desto eher können wir nach Hause.« Er führte sie an und warf immer wieder einen Blick nach hinten auf die Wildnis jenseits des Pfads.

Henry erkannte, dass sie sich den hohen Felsen näherten, die den Canyon säumten; dort war Jack vor vielen Wochen hinuntergefallen und sie hatten die drei Schädel gefunden.

Dann, sie bogen gerade um die Kurve, sah er es: das Aufblitzen einer Bewegung, gelbbraun im Sonnenlicht, ein Huschen durch die Bäume auf der anderen Seite des Pfads. Und er wusste sofort, was es war – noch bevor er über ihnen auftauchte, auf einen hohen Felshaufen geduckt.

Ein Puma.

»Oh!«, keuchte Delilah. Weiter vorn blieb Simon ruckhaft stehen und Jack, der ihm hinterhergestürmt war, lief in ihn hinein und schrie überrascht auf.

Der Puma sah von seinem Felsvorsprung zu ihnen hinunter, die Ohren aufgestellt. Ein leises Knurren drang aus seiner Brust. Er war so riesig, fand Henry – er schien nur aus honigfarbenen Muskeln zu bestehen. Die wilden schwarzen Flecken im Gesicht sahen aus wie eine Kriegsbemalung. Sein kräftiger Schwanz zuckte über seinen Hinterbacken. Seine dunkel geränderten, gelben Augen starrten eindringlich zu den Kindern hinunter.

Obwohl ihn eine Woge der Angst lähmte, war Henry überraschenderweise auch aufgeregt. Der Puma war so *wild*. Und so nah. Die wenigen Meter, die sie trennten, waren ja praktisch gar nichts. Und der Berg, der Puma, die sonnengefleckte Landschaft, dieser eine eingefrorene Moment – alles fühlte sich plötzlich total *lebendig* an.

»Er hat sich an uns *angeschlichen*«, flüsterte Henry ehrfürchtig.

Simon ließ den Puma nicht aus den Augen. Er sagte laut: »Macht euch so groß wie möglich. Stampft mit den Füßen.«

»Was?«, fragte Henry. »Wird er dann nicht sauer?«

»Nein!«, rief Simon und rammte bereits kräftig seine Füße auf den Boden.

*Stampf, stompf, stampf, stompf, stampf, stompf!*

»Wir müssen laut sein und GROSS!«, rief er. »Nur so wird man einen Puma los!«

Henry fragte sich, woher er das wusste. Und wenn er sich nun irrte?

Aber Simon hatte bereits seinen Rucksack hoch über die Schultern gestemmt und brüllte: »HAU AB!«

Jack schloss sich ihm mutig an, trommelte mit den Füßen auf den staubigen Boden und schrie, so laut er konnte: »Hau ab, großer Puma, mach schon! Vor dir haben wir keine Angst!«

Die Ohren des Pumas zuckten und Henry glaubte zu sehen, wie das Tier die Muskeln anspannte.

Er schnappte sich einen Ast, der neben dem Pfad lag, und schlug damit wild auf die Büsche ein. »JAAAHHHH!«, brüllte er.

Delilah sah sie an, als wären sie verrückt geworden.

»Na los«, sagte Simon. »Nun mach schon kräftig Lärm.«

»Okay.« Sie schraubte den Deckel von ihrer halb vollen Wasserflasche und schleuderte sie gegen den Felsen, wo die Plastikflasche mit einem Krachen wie von einem Schuss aufschlug und Wasser in alle Richtungen spritzte.

Der Puma legte die Ohren an. Für einen kurzen Moment sah er genau wie Josie aus, wenn sie total von ihnen genervt war. Dann wandte er sich so plötzlich, wie er aufgetaucht war, ab und huschte über den Fels davon ins Unterholz und tiefer in den Wald.

Henrys Beine zitterten vor Angst und Erleichterung und er fiel um.

»Wuuuhuuuuuuuu!«, rief Simon und reckte die Faust. »Ich kann nicht glauben, dass das geklappt hat!«

»Was soll das heißen?«, fragte Delilah. »Du hast doch gesagt, nur so kann man einen Puma loswerden.«

»Stimmt ja auch. Weglaufen oder sich klein machen bringt nichts, weil sie dich dann für ein Beutetier halten und angreifen. Man kann nur versuchen, wie ein größeres Tier auszusehen, das sie vielleicht angreift. Man muss sie herausfordern. Aber …«

»Aber was?« Henry saß immer noch auf dem Boden und versuchte seine zitternden Beine zu bändigen.

»Aber wenn das nicht funktioniert hätte, hätte er uns definitiv angegriffen. Weil wir ihn provoziert haben.«

»Und das sagst du uns jetzt erst?«, fragte Delilah.

»Ist doch egal«, tönte Simon. »Es hat ja funktioniert.«

»Wir haben einen PUMA gesehen!«, krähte Jack und tanzte im Staub herum. »Und wir haben ihn VERJAGT!«

Henry stand unsicher auf. Vielleicht war das ja das Geheimnis des Mutigseins … dass man einfach immer mutiger handelte, als man sich in Wirklichkeit fühlte. Vielleicht machte es einen mutig, wenn man einfach nur versuchte mutig zu wirken, obwohl man fast starb vor Angst – so wie es einen angeblich glücklicher machte, wenn man lächelte, obwohl man traurig war. Und selbst wenn es einen nicht mutiger machte, welche Rolle spielte es? Wenn man mutig handelte, immer wieder, obwohl man im tiefsten Inneren feige war und vor Angst zitterte, war man dann unterm Strich nicht immer noch mutig?

*Tja*, dachte Henry. *Ich bin zwar vielleicht nicht so mutig wie Onkel Hank, aber ich kann mutig HANDELN. So wie gerade eben.*

## KAPITEL 23

# Der Donnergott spricht

Während sie das letzte Stück zum Rand des Canyons hinaufstiegen, sprachen sie noch immer über den Puma.

»Das war aufregend«, sagte Henry.

»Ich wusste doch, dass es hier oben Pumas gibt!«, jubelte Jack. »Klapperschlangen und Pumas! Und wir haben BEIDES gesehen.«

Henry warf ihm einen skeptischen Blick zu. Ihm war gar nicht klar gewesen, dass sie eine Checkliste mit Gefahren zum Abhaken führten.

»Und ich wusste, dass wir verfolgt werden«, sagte Delilah. »Ihr hättet auf mich hören sollen.«

»Wir haben doch auf dich gehört«, widersprach Simon. »Aber du hast gedacht, es wäre ein Mensch. Außerdem konnten wir doch erst was machen, als er sich gezeigt hat.«

»Solchen Krach zu machen war LUSTIG«, sagte Jack. »Will ich am liebsten noch mal.«

»Hoffen wir lieber, dass das nicht nötig sein wird«, entgegnete Delilah.

»Dein Wurf mit der Wasserflasche war schlau«, sagte Simon. »Ich glaube, erst der Knall und das Wasser haben den Puma endgültig verjagt.«

»Danke.« Delilah lächelte ihn erfreut an.

Henry spürte einen Stich von Ärger. »Aber jetzt hast du kein Wasser mehr«, sagte er ein bisschen gemein.

»Sie kann sich meins mit mir teilen«, sagte Simon und nun ging Delilah mit ihm voran.

Henry trottete mürrisch hinterher. Rasch brachten sie die Bäume hinter sich und gelangten beim Rand des Canyons an.

Steil ragten die rauen Wände hinab zu dem schmalen Streifen Grund. Und als Henry an der Felskante stand und in die Schlucht blickte, sah er keinen Ort, der sich vor ihnen erstreckte, sondern eine Reihe von Ferienabenteuern. Dort war der Vorsprung, auf dem sie die drei Totenschädel gefunden hatten. Dort war der ausgetrocknete Bach, wo er die Knochen und die Satteltaschen gefunden hatte. Dort war die Stelle, wo Delilah abgestürzt war und sich das Bein gebrochen hatte. Dort war der Busch, in dem sie die Satteltaschen versteckt hatten, als plötzlich jemand schoss. Und dort drüben, hinter dem Felsenhaufen, lag der Eingang zu dem geheimen Canyon.

Dieser wilde, seltsame Ort war nun voller Erinnerungen, voller Bedeutung. Schlagartig wurde Henry klar, dass der Superstition Mountain bereits Teil seines Lebens war.

»Gut«, sagte Simon. »Wir müssen weiter. Uns bleibt nicht viel Zeit, um zur Goldmine zu gelangen. Ich gehe als Erster.«

»Nein, diesmal will ich vorgehen.« Delilah trat an ihm vorbei und begann nach unten zu klettern.

»Du darfst nicht als Erste!«, rief Jack. »Ich will. Ich bin dran.«

Delilah sah zu ihm nach oben. »Bitte, Jack? Diesmal wird es doch viel leichter für mich, ohne den Gips.«

Jack wankte, dann lenkte er ein. »Na gut. Aber wenn wir wieder raufklettern, will ich der Erste sein.«

*Wenn wir wieder raufklettern* klang so optimistisch,

fand Henry. Er fragte sich, was sie alles erst einmal überstehen mussten.

»Klar«, sagte Delilah. »Das ist nur fair.«

Und so machten sie sich, mit Delilah als Führung, an ihren Abstieg und suchten sich in der Wand des Canyons vorsichtig einen Weg.

Als sie den Boden der Schlucht erreichten, waren sie von Schweiß überströmt und der rötlich braune Staub hatte sich in den Fältchen ihrer Haut festgesetzt und färbte sie dunkel.

»Ich hab Durst. Und Hunger«, jammerte Jack und ließ sich auf den Boden plumpsen.

»Gut«, sagte Simon großmütig. »Wir können noch mal eine Pause einlegen.« Er ging in die Hocke und holte Wasserflaschen aus seinem Rucksack.

Henry setzte sich neben Jack, der ein besorgtes Gesicht machte.

»Was ist los?«, fragte er.

Jack war still und scharrte mit den Turnschuhen in der steinigen Erde.

»Nun sag schon.« Henry stupste ihn an.

»Was, wenn dieser Puma hinter MIR her war? Wenn dahinter der Fluch steckt, weil ich das Gold genommen habe? Vielleicht hätte ich so sterben sollen.«

Henry ließ sich das durch den Kopf gehen. »Es hat nicht so ausgesehen, als hätte er es gerade auf dich abgesehen.«

»Nee«, mischte sich Simon ein. »Der hätte uns alle angegriffen.« Er überlegte. »Eigentlich suchen sie sich immer den Kleinsten und Schwächsten einer Gruppe heraus. Da trifft auf dich nicht zu. Er hätte wahrscheinlich Henry oder Delilah genommen.«

Henry funkelte Simon an und Delilah guckte böse. »Ich hab ihn doch verjagt! Mit meiner Wasserflasche. Ich bin definitiv nicht die Schwächste.«

Henry gefiel die Richtung nicht, in die sich das Gespräch entwickelte. »Ich auch nicht«, sagte er heftig.

Jack dagegen wirkte enorm erleichtert. Er leerte eine ganze Flasche Wasser und schnappte sich einen der Schokoriegel, die Delilah eingesteckt hatte und die in der Hitze bereits weich geworden waren.

»Okay, dann los!«, rief er mit frischer Energie. »Bringen wir mein Gold zurück.«

»Ja«, stimmte Simon ihm zu. »Wir sollten weitergehen. Der Himmel sieht komisch aus.«

Henry warf einen Blick zu der gewaltigen Ausdehnung über ihnen und musste Simon Recht geben. Die merkwürdigen Wolkenschichten waren dichter geworden und das Licht wirkte schroff.

Gemeinsam eilten sie zu dem Durchgang, der in den kleineren, geheimen Canyon führte.

Henry ging als Erster durch den Spalt, der so schmal war, dass er mit den Schultern die groben Felswände streifte. Für die Schatzjäger der Historischen Gesellschaft dürfte es schwierig werden, sich hier durchzuquetschen, überlegte er. Andererseits gab es ja vielleicht noch einen anderen Zugang zum Canyon.

Kaum traten sie in den kleineren Canyon hinaus, da spürte Henry in der Luft eine Veränderung. Es war plötzlich abgekühlt und der Himmel hatte sich verdunkelt. Ein Windstoß erschreckte ihn. Weiter vorn ragte das gewaltige Gesicht des Steinpferds empor. Die Stille im Canyon schien so angespannt wie eine aufgezogene Feder.

Simon runzelte besorgt die Stirn. »Das wächst sich zu einem Gewitter aus.«

Wie zur Antwort erschütterte ein Donner die Stille.

*Rrrums!*

»Schnell, Jack«, drängte Delilah, doch Jack rannte bereits voran, den Frühstücksbeutel mit Goldflocken fest in der Faust, und wirbelte trockenen Staub auf.

Unter dem finsteren Himmel rannten die anderen hinterher, vorbei an dem Steinpferd, auf den Felsvorhang zu, der den Eingang zur Holländermine verbarg. Nun war dort wegen des Felssturzes nur noch ein Haufen Gestein und Geröll zu sehen. Henry dachte mit Schaudern an das Bersten und Poltern, mit dem die Felsen heruntergekommen waren … und wie sie es nur knapp geschafft hatten, nicht zusammen mit Jacob Waltz' Gold begraben zu werden.

Jack blieb schlitternd vor dem Gesteinshaufen stehen. »Was mache ich denn jetzt?«, rief er zu den anderen. »Wie soll ich das Gold zurückbringen, wenn die ganzen STEINE den Weg versperren?«

Eine gezackte weiße Linie spaltete den Himmel und die Luft bebte von Donnern.

*Rrrums! Rrrums!*

Als Henry nach oben sah, wurde der Rand des Canyons von einem seltsamen, beinahe phosphoreszierenden Glühen erhellt.

»Das ist der Donnergott«, sagte er ehrfürchtig.

Dicke Regentropfen begannen zu fallen und klatschten auf den trockenen Boden.

»Versucht er uns zu kriegen?«, rief Jack mit aufgerissenen Augen.

»Hört damit auf«, befahl Simon. »Das ist ein Gewitter, mehr nicht. Helft mir, ein paar von diesen Steinen zu bewegen. Der Eingang zur Mine müsste da drunter sein.«

»Das sind zu viele Steine!«, jammerte Jack. »Den finden wir nie!«

Windstöße fuhren durch den Canyon und peitschten Delilahs Zopf über ihr Gesicht. Sie winkte den Jungen. »Hier entlang, er ist da drüben.«

»Woher weißt du das?«, fragte Henry.

»Weil ich lange draußen gewartet habe, als ihr in der Mine wart … und ich weiß noch, dass der Tunnel unterhalb von diesen Zeichnungen war.« Sie zeigte zu der hohen Wand des Canyons, wo die Felszeichnungen zu sehen waren, die sie neulich entdeckt hatten – eine

Gruppe kleiner Strichfiguren, die rannten oder lagen, verfolgt von einer Kaskade von Kreisen. Nun war klar, was das grobe Bild darstellte! Einen Felssturz natürlich. Es handelte sich um eine Warnung des alten Volks, das einst hier gelebt hatte … eine Warnung vor dem Donnergott.

Simon kletterte auf den Steinhaufen. »Henry, hilf mal, den hier zu rollen.«

Henry streckte sich nach der rauen Kante eines Felsens und sie versuchten nach Kräften, ihn zu bewegen. Mit einem Hauruck gelang es ihnen, ihn zu lockern.

»Vorsicht!«, rief Simon, als der Felsbrocken zum Grund der Schlucht rollte und knapp Henrys Fuß verfehlte.

Der dunkle Himmel brodelte über ihnen und die Regentropfen fielen jetzt so heftig, dass sie wehtaten wie Kiesel. Der Wind nahm zu und die Temperatur schien schlagartig um mehrere Grad zu fallen.

Jack schob den Beutel mit Goldflocken in seine Hosentasche, kletterte auf den Felshaufen und stieß kleinere Brocken nach unten; dennoch schienen überhaupt keine Lücken zu entstehen. Delilah half Simon und Henry, an einem weiteren großen Stein zu zerren, doch sie konnten ihn kein Stück bewegen.

»Das bringt nichts!«, rief Henry verzweifelt. »Wir kriegen die ganzen Steine nie hier weg.«

Simon nickte grimmig. »Sie sind zu schwer. Suchen wir lieber nach einer Lücke oder einem Loch, das hinunter zur Höhle führt. Dann kannst du das Gold da reinwerfen, Jack.«

»Aber das ist nicht das Gleiche, wie es in die Mine zurückzulegen!«, rief Jack über dem anwachsenden Tosen des Sturms.

»Anders kriegen wir es nicht hin«, erklärte Henry. »Das muss reichen.«

In demselben Moment öffnete sich der schwarze Himmel und nun schüttete es wie aus Kübeln.

# KAPITEL 24
# Die Rache des Superstition Mountain

»Hier!«, rief Delilah und schob sich die nassen Haare aus dem Gesicht. »Wie wär's damit?«

Sie kniete auf dem Geröllhaufen und zeigte auf eine dreieckige Lücke zwischen den Felsen. Regenwasser strömte in die dunklen Tiefen darunter.

»Gut«, sagte Simon. »Vielleicht spült der Regen das Gold bis ganz hinunter in die Mine.«

Jack drückte den Frühstücksbeutel mit Goldflocken an sich. Sein Gesicht war verzweifelt. »Und wenn nicht? Wenn das nicht reicht, um den Fluch zu brechen?«

»Ach, bestimmt.« Simon versuchte den Beutel zu nehmen.

Henry bremste ihn. »Er muss das Gold selbst zurückgeben. Weißt du noch?«

»Ja, du hast Recht«, sagte Simon. »Beeil dich, Jack. Wir müssen hier weg. Das Unwetter wird schlimmer.«

Wie um seine Worte zu bestätigen, zerschnitt wieder ein Blitz den dunklen Himmel, rasch gefolgt von einem ohrenbetäubenden Donnerschlag. Es war unfassbar, aber der Regen wurde immer noch stärker und die Luft bebte von der Missbilligung des Berges.

Das war der Donnergott – Henry wusste es genau. Er war grimmig und voller Zorn … aber warum jetzt? Was wollte der Berg?

Etwa Jack?

Sie gaben doch gerade das Gold zurück. Sie versuchten die Sache wieder in Ordnung zu bringen.

Jack sah Henry verzweifelt an. Regen strömte sein Gesicht und seine klatschnassen Haare hinab. Er öffnete den Beutel und hielt ihn über den Spalt zwischen den Felsen. »Meinst du, das funktioniert?«

»Ja«, sagte Henry mit einer Gewissheit, die er nicht empfand. »Das wird den Fluch aufheben. Bestimmt.«

Mit bebenden Fingern kippte Jack den Beutel aus, schüttelte die winzigen goldenen Flocken hinaus. Selbst im Zwielicht des Unwetters glitzerten und funkelten sie noch. Das Regenwasser bildete einen Bach, der die Wand des Canyons herunterströmte, und die goldenen Späne schwammen darin wie winzige verzauberte Boote, strudelten abwärts, immer weiter hinab in den Spalt zwischen den Felsen.

»Schwimmt zur Mine«, beschwor Henry sie leise. »Findet einfach euren Weg zurück in die Holländermine.«

»Sind alle draußen?«, fragte Simon, als Jack nicht aufhörte, den Beutel zu schütteln.

Da hielt er ihn hoch, damit sie es selber sahen. Er war leer.

Henry wandte sein Gesicht zum Himmel, der jedoch höchstens noch schwärzer und stürmischer geworden war. Der Zorn des Berges war mit Händen zu greifen.

»Gehen wir«, sagte Simon, aber im selben Moment ergriff Delilah seinen Arm.

»Wartet!«, rief sie und ihre Stimme war im Sturm kaum zu hören. »Guckt! Was ist das für ein Ding?«

Sie zeigte zu irgendeinem Bündel, das unter eine lange Felsplatte geklemmt war. Henry blinzelte sich den Regen aus den Augen und erkannte mehrere dicke Stangen, die mit Draht zusammengewickelt waren. An dem Bündel war eine kleine Uhr mit weißem Zifferblatt befestigt; sie sah ganz normal aus, wie ein Küchenwecker. Dieser ganze Apparat lag weit genug unter der Felsplatte, dass ihn der strömende Regen nicht erreichte.

»O nein …« Simon wich zurück. »Das ist Dynamit!«

Dynamit! Es sah aus wie etwas aus einer alten Zeichentrickserie, fand Henry, wie bei Bugs Bunny oder Karl dem Kojoten.

»Die Schatzjäger sind hier«, keuchte Delilah. »Die sind hier irgendwo.«

Henry folgte ihrem Blick zum Rand des Canyons. »Seht! Da oben!«

Durch die schweren Regenschleier waren oben an der Kante, hoch über ihnen, gerade noch drei verschwommene Gestalten auszumachen.

»Die haben eine bestimmte Zeit eingestellt«, rief Simon mit dringlicher Stimme. »Wir müssen abhauen.« Er kletterte hastig von dem Geröllhaufen hinunter.

»Explodiert das gleich?«, fragte Henry ungläubig und war plötzlich wie betäubt.

»JA, Henry!«, rief Simon. »Kommt schon! Lauft!«

Sie kletterten, rutschten, stolperten die Felsen hinab und landeten in einem schlammigen rauschenden Bach, der sich rasch auf dem Grund der Schlucht ausbreitete.

»Was ist denn los?«, schrie Jack. »Wo kommt denn das ganze Wasser her?«

Und dann übertönte das Brüllen des Sturms ihre Stimmen. In dem Regenguss konnte Henry nur noch verschwommene dunkle Umrisse ausmachen.

Er versuchte sich an der Wand des Canyons entlangzutasten, versuchte Jack und Delilah zu finden, aber seine Turnschuhe waren voller Wasser und kalte Fluten umspülten seine Beine und warfen ihn fast um.

Der Regen peitschte ihm ins Gesicht, machte ihn blind.

Leise, wie aus weiter Ferne, glaubte er Simons Stimme zu hören.

»Sturzflut!«

Dann wurde er umgerissen und unter Wasser gezogen.

# KAPITEL 25
# Allein

Das Wasser strudelte über und unter Henry und riss ihn durch den Canyon. Steine und Äste kratzten an seiner nackten Haut. Er schlug wild mit den Armen um sich und versuchte sich irgendwo festzuhalten – egal wo. Doch die Strömung war schnell und wild.

Hektisch versuchte er die Füße hochzubekommen, um auf der brodelnden Wasseroberfläche zu gleiten. Die Barkers hatten einmal in Wyoming eine Wildwasserfahrt mitgemacht und der Mann hatte erklärt, wenn man vom Floß fiel, sollte man die Füße hochnehmen und sich vom Wasser tragen lassen, damit man nicht an die zerklüfteten Felsen unter Wasser stieß und sich etwas brach.

»Simon!«, rief er, doch seine Stimme wurde sofort von dem rauschenden Bach und dem Unwetter verschluckt.

Als er versuchte sich nach Jack und Delilah umzusehen, drang ihm das schlammige Wasser in Mund und Nase.

Dann knallte ihm etwas gegen die Schulter. Für einen Moment tauchte Delilahs triefendes Gesicht vor ihm auf, die Augen riesengroß vor Angst. Kurz streiften seine Finger ihren Arm.

»Delilah!«, rief er.

Doch das Wasser schwemmte sie davon.

Henry drehte sich in der Strömung und suchte verzweifelt nach Jack. Keuchend und spuckend versuchte er Luft zu holen, dann schloss sich die kalte Dunkelheit über ihm.

Als Henry die Augen wieder aufmachen konnte, fand er sich an einem riesigen zerklüfteten Felsen wieder, an den

er gedrückt wurde. Er sah sich um und begriff, dass es sich um den Kopf des Steinpferdes handelte, der aus der reißenden Strömung ragte. Henry hustete und spuckte Schlamm aus und wischte sich das Gesicht mit dem nassen T-Shirt ab. Die undurchdringliche Regenwand und der noch immer ansteigende, reißende Bach hatten den Canyon verwandelt. Als Henry sich zum anderen Ende der Schlucht umdrehte, konnte er sehen, dass das Wasser durch einen engen Spalt rauschte, der dem Zugang ähnelte, durch den sie in den Canyon vorgedrungen waren.

Die anderen waren nirgends zu sehen.

»Simon!«, rief er. »Jack! Delilah!«

Eine gefühlte Ewigkeit lang rief er ihre Namen und lauschte in den Sturm. Doch es antwortete ihm nur das Rauschen des Regens und des schäumenden Wassers.

Er kämpfte gegen die Tränen an. Seine Kehle tat weh. An seinem Schienbein war ein langer Kratzer, aus dem Blut lief, und seine Arme und Hände waren voller Kratzer und Prellungen. Er unterdrückte ein Schluchzen.

*Mach was Mutiges*, sagte er sich, *auch wenn du dich gar nicht mutig fühlst.*

Was hätte Onkel Hank getan?

Die anderen gesucht, natürlich. Das war jetzt das Wichtigste. Immer noch hustend kletterte Henry weiter auf das Steinpferd hinauf. Vom flachen Vorsprung des Kopfes aus konnte er den gesamten Canyon überblicken – die steilen Wände, den Felshaufen über dem Mineneingang und den schnellen, reißenden Strom, der den Grund der Schlucht erfüllte.

Aber nirgendwo war etwas von seinen Brüdern oder Delilah zu sehen.

Vorsichtig zog Henry sein nasses T-Shirt aus und wrang es mit beiden Händen aus. Er zitterte vor Kälte.

»Simon!«, rief er wieder, so laut er konnte, und winkte mit dem T-Shirt. Vielleicht sah Simon die helle Bewegung ja im Regen. Er winkte, bis sein Arm wehtat, und rief immer wieder Simons Namen.

Doch der Regen fiel so dicht, dass man unmöglich etwas erkennen konnte.

Wo waren sie? Henry ließ sich auf den Fels plumpsen. Vielleicht waren sie ja ohnmächtig von einem Schlag an den Kopf? Oder ertrunken? Was, wenn sie für immer verschwunden waren?

*Nein.*

Doch nicht so. Auf einmal hatte Henry keine Angst mehr. Eine Woge reinen Zorns erfasste ihn.

»NEIN!«, brüllte er. »AUFHÖREN!«

Er sprang auf und stampfte auf den flachen Stein, brüllte aus voller Lunge gegen den Sturm an, gegen den Donnergott, den Berg. Die merkwürdige Aufregung und Lebendigkeit, die ihn beim Anblick des Pumas durchströmt hatte, erfüllte ihn auch jetzt wieder. Er brüllte und sprang auf dem Felsen auf und ab, winkte mit seinem T-Shirt, und es war ihm egal, ob er hinunterfiel; alles war ihm egal.

Und so plötzlich, wie der Regen angefangen hatte, hörte er wieder auf.

Henry blieb stehen und fand sich allein auf dem nassen Felsen wieder, hoch über dem Grund der Schlucht und dem reißenden Bach. Er sah sich verblüfft um. Er zitterte vor Kälte und seine Kehle war rau.

Hatte der Berg auf ihn gehört?

Und dann hörte er selbst etwas … ganz schwach drang durch das Tosen des Wassers etwas an sein Ohr.

»Henry! Henry! Hier drüben!«

## KAPITEL 26

# Vermisst

Es war Simon.

Er kletterte am Rand des Canyons die Felsen entlang, vielleicht ein, zwei Meter über dem Wasser, und winkte.

»Simon!« Henry machte sich sofort an den Abstieg vom Kopf des Pferdes. »Ich komme!«

Er sprang und balancierte über die rutschigen Steine zu der Felswand. Simon kletterte ihm mühsam entgegen. Sein Gesicht und seine Sachen waren voller Schlamm und seine Arme waren von oben bis unten voller blutiger Schrammen.

»Alles okay mit dir?«, fragte Simon. »Ich hab dich schreien gehört und immer wieder gerufen, aber du konntest mich nicht hören.«

»Ja, mir geht's gut.« Henry zitterte und zog sich das

feuchte T-Shirt wieder an. »Aber wir müssen Jack und Delilah finden.«

»Ich weiß. Ich kann sie nirgends sehen.« Simons Gesicht war ernst. »Und ich hab den Rucksack verloren. Er war einfach plötzlich weg.«

»Was, meinst du, ist passiert? Wo kommt das ganze Wasser her?«

»Das ist eine Sturzflut. Die entsteht, wenn es in einer trockenen Gegend plötzlich starken Regen gibt. Weißt du noch? Emmett hat uns das mal erzählt. Am anderen Ende des Canyons muss es einen Bach geben. Als es dann so kräftig geregnet hat, ist er über die Ufer getreten.«

»Wie viel Wasser das ist!«, sagte Henry staunend und sah zu, wie der braune Strom sich schäumend durch den Canyon ergoss und in dem schmalen Schlitz am anderen Ende verschwand.

»Hen, wir müssen Jack und Delilah finden und abhauen. Wenn dieses Dynamit explodiert, fliegen hier überall Steine rum.«

Henry sah besorgt zu dem steilen Haufen Gestein, unter dem der Eingang zur Mine lag. »Meinst du, das ist nach dem Regen und der Flut immer noch da?«

»Keine Ahnung, aber es klemmte ja unter dieser Felsplatte. Und wir können schlecht hierbleiben und abwarten.«

Henry sah zum Rand des Canyons hinauf, wo sich unmittelbar vor der Sturzflut die verschwommenen Gestalten gedrängt hatten. Oben war alles still. Niemand war zu sehen.

Die dunklen Wolken waren einen Tick heller geworden und ein seltsam grelles Licht schien durchbrechen zu wollen.

»Jack! Delilah!«, riefen sie immer wieder durcheinander, während sie die Canyonwand entlangkletterten, und suchten mit den Augen den Bach und die Felsen nach Bewegungen ab.

»Jack!«

»Delilah! Wo seid ihr?«

Henry hatte keine Ahnung, wie viel Zeit vergangen war. Es kam ihm so vor, als wäre die Sturzflut schon vor Stunden passiert, aber er wusste, dass das nicht stimmen konnte. Die Dunkelheit durch das Unwetter hatte sein Zeitgefühl durcheinandergebracht. Ob der Berg sich die beiden geholt hatte? Er dachte an Sara

Delgado, die sich in den Canyons verirrt hatte und so verändert und seltsam wieder zurückgekommen war. Er versuchte die Angst, die ihn packte, abzuschütteln. Das konnte doch Delilah und Jack nicht passieren. Auf gar keinen Fall.

»Moment – da drüben!« Simon zeigte zu der schmalen Stromschnelle, die zum ersten Canyon führte. Henry sah etwas rosa leuchten – Delilahs pinkfarbenen Rucksack, nass und dreckig wackelte er dort zwischen den Felsen. Delilah war auch dort.

»He!«, rief sie.

Henrys Herz machte einen Satz. Sie hatte überlebt! Es ging ihr gut!

»Ich hab ihn gefunden! Ich hab ihn gefunden!«

Sie kletterte ihnen aufgeregt entgegen. Ihr nasses Gesicht war ganz rot vor Aufregung.

»Was denn?«, fragte Simon. »Deinen Rucksack?«

Aber Henry begriff. Sie schwenkte etwas Kleines, Silbernes in der Hand. Es war der Kompass ihres Vaters.

»Wo hast du den denn gefunden?«, fragte er voller Staunen.

»Dein Kompass?« Simon machte ein ungläubiges Gesicht. »Aber den hast du doch nicht mal hier verloren. Sondern in dem anderen Canyon.«

»Ich weiß. Ich bin nie auf die Idee gekommen, hier zu suchen. Er war zwischen den Felsen. Nicht zu fassen, dass ich ihn überhaupt gesehen habe. Hab ich aber! Ich hab ihn wieder! Ich hab ihn wieder!«

Sie gelangte bei ihnen an, den tropfnassen Zopf über der Schulter, das Gesicht leuchtend vor Freude.

Simon schüttelte fassungslos den Kopf. »Vielleicht hat ihn ein Vogel oder ein anderes Tier hier hergetragen. Vögel mögen Sachen, die glänzen.«

»Es ist nicht mal Wasser drin«, freute sich Delilah. »Er hat ein paar Kratzer, aber er funktioniert noch total gut.« Sie warf die Arme um die beiden und drückte sie fest. »Ich bin so froh, dass niemandem was passiert ist!«

Dann erstarrte sie. »Wo ist Jack?«

Henry konnte spüren, wie ihn die Schwere seiner Besorgnis auf die Felsen drückte. »Das wissen wir nicht. Wir können ihn nicht finden.«

Simons Gesicht war angespannt. »Wir haben überall

gesucht.« Er starrte in das aufgewühlte Wasser, das nach wie vor durch den Canyon strömte.

»Jack ist stark«, sagte Delilah rasch. »Ihm ist bestimmt nichts passiert.«

»Und der Fluch?«, fragte Henry langsam.

»Es gibt keinen Fluch, Henry«, fauchte Simon. »Hör auf, das zu sagen.«

»Aber wo steckt er dann? Was, wenn er sich verirrt hat, so wie Sara Delgado? Wenn wir ihn finden und er ist nicht mehr wie früher?«

»Sehen wir einfach erst mal zu, dass wir ihn finden.« Simon spähte noch immer in die schlammige Strömung. »Und zwar schnell.«

Delilahs dünner Arm legte sich fester um Henrys Schultern. »Wir haben das Gold zurück zur Mine gebracht. Der Berg ist nicht mehr böse mit uns. Ich kann es spüren, Henry – ich habe den Kompass von meinem Vater zurückbekommen.«

Sie hielt ihn auf der Handfläche und seine kleine Glasscheibe schimmerte. Die Nadel zitterte, schwang zu dem schwarzen N und zeigte nach Norden.

Henrys Blick folgte dem Pfeil zu einer Auswölbung

der Felswand, in deren einer Biegung Delilah stand. Er entdeckte ausgeblichene weiße Zeichnungen darauf, die so vom restlichen Canyon geschützt waren.

»Noch mehr Felszeichnungen«, sagte er geistesabwesend und tippte mit dem Finger auf den Fels.

Aber Simon schob sich schon an ihm vorbei und musterte die kleinen weißen Männchen.

»He, Leute, seht euch das mal an. Das Bild stellt eine Sturzflut dar.«

Simon hatte Recht. Die Strichmännchen flohen vor einer geringelten Wasserwelle, die sie zu verfolgen schien. Manche gingen darin unter. Andere trieben an der Oberfläche.

»Guckt mal«, sagte Delilah. »Die hier sind aus dem Weg geklettert.«

Sie zeigte auf eine Handvoll Figuren, die oberhalb der Silhouette eines Pferdes anscheinend in einer Höhle saßen und standen.

»Das ist das Steinpferd«, sagte Simon. »Irgendwo hier in der Canyonwand muss es eine Höhle geben.«

Sie kletterten wieder zurück über die Felsen, um einen besseren Blick auf die Steilwand zu bekommen.

»Seht ihr irgendwas?«, fragte Simon.

Delilah schüttelte den Kopf. »Jedenfalls keine Höhle.«

Aber dann sah Henry doch etwas. Ein dunkles Loch und einen blauen Fleck.

»Das ist Jacks Shirt!«, rief er.

## KAPITEL 27
# Flucht vom Superstition Mountain

Hektisch kletterten sie auf den kleinen blauen Fleck zu, der aus der Felswand herausragte.

»Jack!«, rief Simon.

»Jack!«, rief auch Henry, während Delilah hinter ihm fragte: »Jack? Alles okay mit dir?«

Aus der kleinen Höhle kam keine Antwort. Der blaue Fleck bewegte sich nicht.

»Schnell«, drängte Simon und kletterte über die Felsen, ohne auf Gefahren zu achten.

»Das muss Jack sein«, sagte Delilah. »Der Berg hat uns gezeigt, wo er ist.«

Simon kam als Erster dort an, packte die scharfe Felskante und zog sich hinauf. Henry und Delilah rollten sich rasch ebenfalls in die Höhle.

»Jack!«, rief Simon.

Henrys Herz krampfte sich zusammen. Jack lag auf dem Bauch in einer dunklen, größer werdenden Pfütze. Die Haare klebten ihm am Kopf, seine Augen waren geschlossen. Seine Sachen waren tropfnass und seine Arme und Beine waren ebenso zerschunden wie die der anderen. Er bewegte sich nicht.

Simon kauerte sich neben ihn, ergriff seine Schulter und schüttelte ihn. Sekunden später knieten Delilah und Henry neben ihm.

»Wir müssen nachgucken, ob er atmet.« Simon beugte sich rasch über Jacks Gesicht. »Dreht ihn auf den Rücken.«

»Jack … Jack …«, rief Henry und half Simon, ihn umzudrehen. Ihm fiel dieser grausige Fluch wieder ein, aber er verbannte ihn sofort aus seinen Gedanken. Sie hatten das Gold zurückgebracht. Das Unwetter hatte sich gelegt. Der Berg hatte Delilahs Kompass wieder hergegeben und sie hatte Recht: Die Felszeichnungen hatten ihnen den Weg gewiesen. Der Berg sprach jetzt zu ihnen.

Simon presste sein Ohr an Jacks klatschnasses T-Shirt.

»Ich kann hören, wie sein Herz schlägt. Ich kann ihn atmen hören.«

Henry fiel beinahe um vor Erleichterung. »Wieso kommt er denn nicht wieder zu sich?«

»Ich mache mal seine Mundhöhle sauber«, sagte Simon. »Vielleicht kriegt er nicht genug Luft.«

Er drehte Jacks Kopf zur Seite und strich mit dem

Finger tief zwischen Jacks Lippen entlang. Ein Schlammklumpen fiel heraus.

»Sein Mund ist voll mit Zeug.« Eine Sekunde lang hob Simon seinen Blick zu Henry und Henry sah nichts als nackte Angst darin. Diesen Ausdruck auf Simons Gesicht zu sehen, war ein Schock – Simon wusste doch immer, was man machen musste.

»Keine Sorge«, sagte Henry. »Das wird schon.«

Diesmal schaufelte Simon mit zwei Fingern und plötzlich riss Jack die Augen auf, kam hoch und würgte und hustete und schnappte nach Luft.

Simon schlug ihm auf den Rücken und schlammiges Wasser ergoss sich ihm aus Mund und Nase. Rasselnd, keuchend holte Jack Luft, immer wieder.

»Ist ja gut, ist ja gut.« Delilah tätschelte seinen Rücken. »Gleich geht's dir wieder gut.«

Jack hörte gar nicht auf zu husten und zu schnauben. Langsam wich der panische Ausdruck aus seinem blassen Gesicht.

Simon ließ sich auf den Boden der Höhle fallen und bedeckte sein Gesicht mit den Händen. Seine Schultern zuckten.

Henry begriff mit Entsetzen, dass er weinte.

Delilah kniete sich rasch neben ihn. »Jack geht's gut, Simon. Guck, er atmet jetzt. Er hat sich aufgesetzt.«

Simons Atmen kam in Schluchzern. »Er wäre fast ertrunken.«

»Ist er aber nicht«, sagte Henry nachdrücklich.

»Nee, ich bin nicht ertrunken.« Jack sah Simon besorgt an. »Mir geht's jetzt wieder gut.«

Plötzlich wurde Henry mit einem Schlag bewusst, wie es sein musste, der Älteste zu sein … derjenige, der die Verantwortung tragen musste, der wissen musste, was zu tun war. Simon fällte die Entscheidungen. Er wusste, wie gefährlich Sachen wirklich waren. Wenn Jack irgendetwas passiert wäre, dann hätte Simon sich für den Rest seines Lebens Vorwürfe gemacht.

Aber nun beruhigte Simon sich wieder, atmete tief ein und aus und straffte die Schultern. »Wie bist du überhaupt hier raufgekommen?«, fragte er Jack.

Jack wischte sich den Mund an seinem dreckigen T-Shirt ab. »Keine Ahnung! Ich war unter Wasser. Das ist das Letzte, woran ich mich erinnern kann. Ich dachte, es wäre der Fluch«, flüsterte er und seine Lippen bebten.

»Nein«, sagte Henry, der sich jetzt sicher war. »Der Berg hat dich gerettet. Wir haben wieder solche Felszeichnungen gefunden – Bilder von Leuten während einer Sturzflut – und die haben uns gezeigt, wo du bist.«

Als Jack ihn ausdruckslos ansah, erklärte Delilah: »Die Bilder zeigten Menschen in dieser kleinen Höhle hier, über dem Steinpferd. Darum wussten wir, wo wir dich finden würden.«

»Du musst hier raufgeklettert sein«, sagte Simon.

Jack schüttelte den Kopf. »Daran kann ich mich nicht erinnern.«

Simon stand auf und sah mit zusammengekniffenen Augen zum Canyon hinaus. »Was meinst du, kannst du wieder klettern? Wenn nämlich das Dynamit explodiert, kommen wir hier vielleicht nie mehr weg.«

Jack nickte und stand unsicher auf. »Sind die Bösen immer noch da oben?«

»Ich kann sie jedenfalls nicht sehen.« Delilah spähte zum gegenüberliegenden Rand hinauf. »Aber direkt vor der Sturzflut waren sie da.«

Simon sah immer noch zum Grund der Schlucht hinunter, wo das Wasser schäumte und strudelte. »Durch den Pass zurück in den anderen Canyon können wir nicht. Da ist zu viel Wasser.«

Das stimmte. Der reißende Bach floss genau durch den schmalen Spalt und füllte ihn aus. »Dann müssen wir auf dieser Seite hier raufklettern. Und versuchen von dort aus den Rückweg zu finden.«

Simon nickte und strich sich mit der Hand durch die nassen Haare. »Wenn ich bloß meinen Rucksack noch hätte … und das Seil und die Schaufel.«

Delilah grinste. »Wir kriegen das schon hin. Wir haben ja den Kompass von meinem Dad.« Sie schulterte ihren rosa Rucksack und zog sich auf den Überhang, der die Höhle schützte.

Die Jungen folgten ihr und passten auf, dass sie immer an drei Punkten gleichzeitig sicheren Halt an der Wand fanden. Beharrlich arbeiteten die vier sich die Canyonwand hinauf.

Als sie die Kante erreichten, hatte sich die Wolkendecke aufgelöst und der Himmel war von einem scharfen, ungewissen Licht erfüllt. Henrys T-Shirt fing bereits an zu trocknen, aber seine Turnschuhe quatschten bei jedem

Schritt. Er sah die anderen an und dachte, was für einen jämmerlichen Anblick sie abgaben – tropfnass, dreckig, übersät mit Kratzern und blauen Flecken. Was sollten sie ihren Müttern sagen? Selbst wenn sie sich wuschen, würden sie immer noch aussehen, als wäre ihnen irgendein schreckliches Unglück passiert.

»Wie spät ist es?«, fragte er Simon.

»Später Nachmittag, glaube ich. In meine Uhr ist Wasser gekommen und jetzt geht sie nicht mehr.«

»Es ist halb vier«, verkündete Delilah und reckte ihr Handgelenk mit der neonpinken Sport-Uhr hoch. Auf Simons skeptischen Blick hin zuckte sie mit den Schultern. »Wasserdicht.«

*Pink* und *wasserdicht* passten irgendwie nicht zusammen, fand Henry; andererseits überraschte es ihn kein bisschen, dass Delilah eine wasserdichte Uhr besaß.

»Das heißt, uns bleiben nur noch anderthalb Stunden, bis Mom und Dad nach Hause kommen«, sagte Simon. »Und wir müssen uns noch sauber machen. Also Beeilung!«

Henry fragte sich, wie es möglich sein konnte, dass sie auf den Berg gestiegen waren, einen Puma verjagt hatten, runter in den Canyon geklettert waren, Jacks Gold in die Mine zurückgebracht, das Dynamit entdeckt und eine Sturzflut überlebt hatten und ihnen trotzdem noch anderthalb Stunden blieben, bis ihre Eltern von ihrem Ausflug zurückkehrten. Es war vielleicht nicht genug Zeit, um nach Hause zu kommen und sich zu waschen, aber eigentlich doch ziemlich gut.

Er stellte sich seine Eltern und Tante Kathy und Emmett vor, wie sie ihren Sonntagnachmittag mit Kultur verbrachten und durch die großen, stillen Gänge des Kunstmuseums von Phoenix schlenderten, während Delilah und seine Brüder und er hier auf dem Superstition Mountain buchstäblich um ihr Leben gekämpft hatten. Eines Tages wollte er ihnen alles über diese Abenteuer erzählen. Aber jetzt noch nicht … es war zu früh und weil sie nun einmal Eltern waren, würden sie sich, sobald sie davon hörten, verpflichtet fühlen, etwas zu *tun*. Aber eines Tages. Er sah sich in der rotbraunen Landschaft aus Steilwänden, Canyons und Felsspitzen um und schwor sich, bis dahin kein einziges Detail zu vergessen.

Sie kletterten über die Felsen zu dem dürren Wald, der an den Canyon grenzte.

»Wir müssen nach Süden«, sagte Simon. »Dann sollten wir nach Hause kommen.«

»Okay.« Delilah hielt den Kompass in der vorgestreckten Handfläche und richtete ihn aus. »Da lang.«

Sie wollten gerade in den Wald eindringen und suchten sich ihren Weg am Rand des Canyons entlang, als die Stille des Berges plötzlich von einem furchtbaren Knall erschüttert wurde.

BUUM-BUUM-BUUM-BUUM!

Der Lärm war ohrenbetäubend. Henry begriff erst gar nicht, was los war. Als die Erde bebte und Delilah rückwärtstaumelte, packte er sie instinktiv am Rucksack und hielt sie fest. Sie fielen beide um und schlangen die Arme über ihre Köpfe.

BUUM! BUUM! BUUM!

»Das Dynamit!«, rief Simon und Henry presste die Arme dichter an die Ohren.

Der Lärm ließ nach und als Henry den Kopf hob, war der Felshaufen, der den Eingang zur Holländermine versperrt hatte, in tausend Stücke gesprengt und hatte ein klaffendes Loch in der Canyonwand hinterlassen. »Schaut! Die Mine!«, rief Henry, doch während sie schockiert dorthin starrten, war ein anderes Geräusch zu hören … ein ansteigendes Knacken und Rumpeln. Zu Henrys Entsetzen brach der obere Teil der Felswand weg und Stein um Stein fiel herunter.

»Steinschlag!«, rief Simon. »Lauft!«

Sie sprangen auf und rannten über den bebenden, sich verschiebenden Boden, so schnell und so weit von dem Canyon weg, wie ihre Füße sie trugen. Während der wilden Flucht durch die Büsche blieb Henry nur ein einziges Mal stehen, um sich umzusehen. Die Wände des Canyons stürzten ein. Felsen brachen ab, polterten hinab und füllten das Loch, wo die Mine gewesen war, und dann füllten sie den ganzen Canyon – bis es, das wurde Henry jetzt klar, gar keinen Canyon mehr gab.

Hatten die Schatzjäger wirklich geglaubt, sie könnten den Superstition Mountain austricksen? Dass sie sich mit ein bisschen Dynamit das Gold verschaffen konnten? Es kam Henry jetzt lachhaft vor. Natürlich behielt der Berg, was ihm gehörte – um jeden Preis.

Hektisch stolperten Delilah und die Jungen durch die Bäume und das Unterholz und gerieten auf der steinigen Erde immer wieder ins Rutschen. *Nach Hause*, dachte Henry. *Bloß schnell nach Hause.*

# KAPITEL 28
# In Sicherheit

»Wow, das war cool!«, rief Jack, während sie durch das dichte Buschwerk kletterten, nach einem Pfad Ausschau hielten und sich sehr der plötzlichen Stille bewusst waren. »Habt ihr gesehen, wie die ganzen Steine runtergekommen sind?«

»Ja«, antwortete Simon. »Die Explosion hat wieder einen Felssturz ausgelöst, einen viel größeren als den ersten.«

»Oder es war der Berg«, sagte Henry leise. »Das Gold bleibt dort jetzt für immer.«

»Ich frage mich, ob Julia Thomas und die anderen im Canyon gewesen sind, als das Dynamit explodiert ist«, überlegte Delilah.

»Oben am Rand war niemand zu sehen«, sagte Simon. »Und wenn sie zugeschaut haben, können sie nicht lange dort geblieben sein. Die komplette Wand ist eingestürzt.«

»Meint ihr, der Felssturz hat sie erwischt?«, fragte Henry mit plötzlicher Sorge. So verbrecherisch die Schatzjäger auch waren und sooft sie ihnen auch Probleme gemacht hatten; er fand die Vorstellung unerträglich, dass sie unter einem Berg von Felsbrocken zerquetscht worden waren. Er erinnerte sich noch gut an seine Angst während des ersten Felssturzes, der den Eingang zur Goldmine unter sich begraben hatte.

»Na hoffentlich«, erklärte Jack ungerührt. »Das sind die Bösen.«

»Sie sind« – Henry zögerte und suchte nach dem richtigen Wort – »*skrupellos*. Aber ich glaube nicht, dass sie den Tod verdient haben.«

»Ich hab sie nirgends gesehen«, sagte Simon. »Und das Dynamit stammte von ihnen, da waren sie doch bestimmt nicht so blöd, dort noch lange rumzuhängen. Ich bin nur froh, dass es nicht früher explodiert ist. Dann wären wir jetzt dort eingeschlossen … oder schlimmer.«

Allein schon bei der Vorstellung bekam Henry eine Gänsehaut.

Delilah, die mit dem Kompass ihres Vaters voranging, blieb stehen. »Wir gehen immer noch nach Süden«, sagte sie und sah sich im Unterholz um. »Aber hier kommt anscheinend noch ein anderer Weg. Welchen sollen wir nehmen?«

Sie waren an die Kreuzung zweier spärlicher Wege gekommen, die für Henry kaum nach Wegen aussahen … eher nach den planlosen, halb zugewachsenen Trampelpfaden, die Wildtiere mit ihren Hufen gemacht hatten.

Simon spähte in beide Richtungen. »Keine Ahnung. Und wir haben nicht mehr viel Zeit.«

Sie standen in der Stille des Berges und lauschten dem Zwitschern von Vögeln und dem leisen Rascheln im Unterholz. Wo entlang?

»Wir müssen uns einfach für einen entscheiden«, sagte Simon. »Was meinst du, Hen?«

Henry wandte sich überrascht zu ihm um. Wollte Simon wirklich von ihm wissen, was sie machen sollten? Er spürte zugleich die Last der Verantwortung und das aufregende Gefühl von etwas anderem – nämlich davon, die Verantwortung zu übernehmen und derjenige zu sein, auf den die anderen sich verlassen konnten. Vielleicht gehörte auch das zu Simons Lebensgefühl.

»Da lang«, entschied Henry. Er ging den Pfad hinunter und die anderen trotteten hinterher.

Nachdem sie eine Zeit lang durchs Unterholz gebrochen und über Felsen geklettert waren, gingen sie um eine Biegung und Henry sah weiter vorn etwas.

Etwas Kleines.

Etwas Schwarzes.

Etwas, das zwischen den graugrünen Büschen und den Felsbrocken hindurchflitzte und nur kurz stehen blieb, um prüfend in ihre Richtung zu schauen.

»Seht! Da ist Josie!«, rief Henry.

Simons Gesicht brach in ein Grinsen aus. »Dann hast du den richtigen Weg ausgesucht, Hen! Sie ist bestimmt auf dem Weg nach Hause.«

Und so folgten sie Josies sicherem und elegantem Gang den Berg hinab, bis schließlich der Bewuchs aufhörte und der Boden flacher wurde. Hinter den skulpturenartigen Kakteen mit ihren zum Willkommensgruß gereckten Armen glänzten die Häuser von Superstition im Licht des späten Nachmittags. Dort war das Dach von Onkel Hanks Haus, ihrem Zuhause am Rand der Wüste. Es strahlte so hell wie ein Leuchtfeuer, das ihnen den Weg aus dem Vorgebirge wies. Sie hatten es nach Hause geschafft.

Es war fast fünf Uhr, als sie durch die Schiebetür in die Küche stürmten. Das Haus war eine kühle, ruhige Oase; nur das leise Summen der Klimaanlage war zu hören. Merkwürdigerweise waren die Terrasse und der Garten staubtrocken. Superstition war eindeutig von dem heftigen Unwetter auf dem Berg verschont geblieben. Als sie zum Flur liefen, klingelte das Telefon. Es klang in der Stille äußerst dringend.

Simon ging ran und erstarrte. »Ach, hallo … Hallo, Mom.« Er legte einen Finger an die Lippen und machte zu den anderen hin große Augen. »Ach, habt ihr? Die letzten zwei Stunden? Tut mir leid! Ja, doch, wir sind alle hier. Uns geht's gut. Wir waren nur draußen, in der Wüste … und haben an ein paar großen Felsen Klettern geübt.« Er zögerte, sah Henry an und zuckte mit den Schultern. »Ähm, wir haben uns ein paar Schrammen geholt – du weißt schon, beim Springen und Klettern.«

Er nahm den Hörer vom Ohr, damit sie alle Mrs Barkers Reaktion hören konnten. Ihre Stimme stieg um eine Oktave und klang dünn und besorgt. Trotzdem fand Henry es gut, ihre Eltern schon einmal auf die vielen Kratzer und blauen Flecke vorzubereiten, die sie nachher zu sehen bekommen würden.

»Was?«, fragte Mrs Barker. »Was meinst du mit ein paar Schrammen? Seid ihr verletzt? Ist Jack irgendwo runtergefallen?«

»Nein, uns geht's gut. Unsere Sachen sind dreckig. Ich tu sie in die Waschmaschine«, sagte Simon, um sie zu beruhigen. »Ja, wir sind alle hier – Delilah auch. Sie will gerade nach Hause gehen.« Er hielt die Sprechmuschel mit der Hand zu und flüsterte zu Delilah: »Du musst los. Unsere Mutter hat bei euch angerufen und jetzt ist deine Mutter total nervös, weil sie nicht weiß, wo du bist.«

Delilah nickte und hob ihren Rucksack auf. »Bis morgen«, flüsterte sie. Sie lächelte Henry zu und er sah, dass sie immer noch den Kompass ihres Vaters festhielt.

»Ich bin froh, dass du ihn wiedergefunden hast«, sagte er. »Auch wenn du das jetzt nicht mehr brauchtest.«

Auf einmal sah sie ganz schüchtern aus. »Ich auch!

Irgendwie habe ich jetzt ein anderes Gefühl wegen des Berges. Weißt du, was ich meine?«

Henry nickte. »Geht mir auch so.«

Delilah wandte sich ab und lief mit hüpfendem Zopf zur Haustür. Wenig später sah Henry, wie sie tief über den Lenker gebeugt die Auffahrt hinunterfuhr.

Simon war immer noch am Telefon, sagte aber nichts, sondern ließ die blechernen, eindringlichen Vorwürfe ihrer Mutter über sich ergehen. Schließlich verdrehte er die Augen und sagte: »Ehrlich, es tut mir leid! Wir haben die Uhrzeit aus dem Blick verloren. Mom, genau darum brauche ich ein Handy. Ich weiß, ich soll noch bis zur achten Klasse warten, aber ich finde wirklich, ich sollte jetzt schon eins kriegen.«

Henry war immer wieder verblüfft, wie locker Simon es schaffte, die Unzufriedenheit ihrer Eltern mit ihm zu seinem eigenen Vorteil zu verwenden.

»Ja, gut, ich mein ja nur«, fuhr Simon fort. »Du hättest jederzeit mit uns reden können, wenn ich ein Handy hätte. Okay, ich geb dir Hen.«

Henry nahm den Hörer. »Hallo?«

»Henry!«, rief seine Mutter. »Schatz, wo wart ihr

denn den ganzen Nachmittag? Wir haben immer wieder angerufen – sogar bei Delilahs Mutter hab ich nach euch gefragt!«

»Entschuldige, Mom.« Aus irgendeinem Grunde hätte er beim Klang der Stimme seiner Mutter am liebsten geweint … mehr noch, als ihn das Unwetter und die Sturzflut und Jacks Verschwinden an den Rand der Tränen gebracht hatten. Es war, als würden sämtliche Gefühle ihrer Erlebnisse auf dem Berg auf einmal in ihm hochkommen und jeden Moment überfließen, weil jetzt seine Mutter hier am Telefon war und sich Sorgen um ihn machte und er endlich weinen *durfte*. Nun brauchte er nicht mehr mutig zu sein. Er schluckte und versuchte sich wieder zu beruhigen.

»Uns geht's gut. Tut mir leid, dass wir nicht zu Hause waren, als du angerufen hast.«

»Henry, was ist los?«, fragte seine Mutter prompt.

Simon schüttelte nachdrücklich den Kopf und griff nach dem Hörer, aber Henry holte tief Luft und sagte entschieden: »Gar nichts. Wir haben die Garage aufgeräumt! Sie ist jetzt … *makellos*.«

Mrs Barker lachte. »Super, damit habt ihr uns richtig geholfen. Und wir haben Neuigkeiten für euch drei, aber die erzählen wir euch nachher persönlich.«

»Gute oder schlechte Neuigkeiten?«

»Oh, gute! Sehr gute. Wir sind spät dran, aber in einer Stunde müssten wir zu Hause sein und dann erfahrt ihr alles. Jetzt gib mir mal Jack.«

Er gab Jack den Hörer und während Simon und er in ihre Zimmer gingen und sich ihre dreckigen Sachen auszogen, konnten sie hören, wie er jammerte, dass er die Neuigkeiten aber jetzt schon wissen wollte.

Als ihre Eltern eine Stunde später zusammen mit Tante Kathy und Emmett ins Haus kamen, waren die Jungen frisch gewaschen und sauber – nach der vermutlich längsten Dusche in Henrys gesamtem Leben. Das Wasser lief zunächst tiefbraun in den Ausguss und wurde erst klar, nachdem sie x-mal zu Seife und Shampoo gegriffen hatten. Sie hatten ihre schlimmsten Kratzer desinfiziert und Jack war stolzer Träger von drei Pflastern; darunter hatte er es nicht getan. Simon hatte ihre sämtlichen Sachen in die Wäsche getan, zusammen mit ihren Schlafanzügen und ein paar Handtüchern, und nun tuckerte die Waschmaschine munter vor sich hin und beseitigte die letzten Spuren des staubigen Aufstiegs und der Sturzflut.

»Wir sind wieder da-ha!«, trällerte Tanty Kathy und sauste in die Küche. Sie ließ ihre große Handtasche auf den Tresen fallen, zog Henry in ihre Arme und vergrub ihr Gesicht in seinen feuchten Locken. »Wie du duftest!«, rief sie. »Aber du lieber Himmel, Henry, wie hast du dich nur zugerichtet? Und Jack! So viele Pflaster! Du siehst aus, als wärst du unter den Rasenmäher geraten!«

Entsetzen stand in Mrs Barkers Gesicht, als sie die Jungen erblickte. »Was in aller Welt habt ihr nur angestellt?«, rief sie, fiel auf die Knie und untersuchte Henrys Schienbein. »Ihr seid ja grün und blau!«

»Wir haben nur rumgetobt, Mom«, gab Simon sich lässig. »Wie ich schon sagte, wir waren klettern, in den Felsen, und haben uns … mitreißen lassen.«

*Mitreißen lassen, genau*, dachte Henry. *Von einer Sturzflut!*

»Bist du von irgendwo runtergefallen? Hat sich jemand verletzt?« Mrs Barker war zu Jack weitergewandert, doch die großzügig aufgeklebten Pflaster erschwerten es ihr, die Verletzungen richtig einzuschätzen. »Du siehst aus, als wärst du in eine Schlägerei geraten!«

»Ja«, gab ihr Mr Barker Recht. »Wenn ihr schon so ausseht, dann möchte ich mal die Felsen sehen.«

»Ihr seid bestimmt drüben beim Steinbruch gewesen«, sagte Emmett. »Dort müsst ihr vorsichtig sein. Da geht es tief runter.«

*Steinbruch?* Henry und Simon wechselten einen Blick und Henry wusste genau, was sein großer Bruder dachte. Wie konnte es sein, dass sie den ganzen Sommer über nichts von dem Steinbruch erfahren hatten?

»Erzählt uns, was LOS ist! Erzählt uns, was LOS ist!«, rief Jack ungeduldig. »Ihr habt versprochen, gleich wenn ihr nach Hause kommt!«

Tante Kathy schlug die Hände zusammen; sie strahlte und lief rot an. »Na schön, meinetwegen! Möchte jemand raten?« Sie wackelte vor Aufregung mit den Fingern … und dann sah Henry, wieso sie so aus dem Häuschen war. Am Ringfinger ihrer linken Hand funkelte ein kleiner, runder Diamant.

»Du hast dich verlobt!«, rief er. »Mit Emmett?«

Tante Kathy warf den Kopf zurück und lachte ihr

fröhliches, schallendes Lachen. »*Natürlich* mit Emmett, du Dummerchen! Mit wem denn sonst?«

»Aber das ging so schnell«, sagte Simon.

»Na ja …« Tante Kathy lächelte. »Manchmal weiß man es eben einfach.«

»Heißt das …« Henry sah zwischen ihr und Emmett hin und her. »Ziehst du jetzt hierher nach Arizona?«

»Nicht jetzt gleich – erst muss ich einen Job finden –, aber bald! Und dann kann ich euch Jungen jederzeit sehen!«

»JUHU!«, brüllte Jack und packte sie um die Taille. »Das wird TOLL!«

Henrys Lächeln war so breit, dass er schon dachte, es würde ihm das Gesicht zerreißen. Tante Kathy und Emmett!

»Müssen wir dich dann Onkel Emmett nennen?«, fragte Simon nachdenklich. »Weil wir uns nämlich schon daran gewöhnt haben, einfach Emmett zu sagen.«

»Ihr könnt mich nennen, wie ihr lustig seid.« Emmett grinste. Er legte seinen Arm um Tante Kathys Taille und zog sie an sich.

Und während der anschließenden fröhlichen Feier

waren die vielen unbeantworteten Fragen über die Aktivitäten und den ramponierten Zustand der Jungen rasch vergessen – jedenfalls vorübergehend.

# KAPITEL 29
# Namensvetter

Eine Woche später standen Henry, Simon, Jack und Delilah in der für Arizona typischen Gluthitze vor dem Barker-Grabstein, und zwar erstaunlicherweise zusammen mit Tante Kathy, Emmett und ihren Eltern ... sowie, was kaum zu fassen war, mit Prita Alchesay.

Was das für eine Woche gewesen war! Zunächst war die ganze Stadt auf den Kopf gestellt worden, weil drei wohlbekannte Bürger verschwunden waren – die Bibliothekarin Julia Thomas, Officer Myers und der Friedhofswächter Richard Delgado. Delgados braunen Wagen hatte man in einer Sackgasse gefunden, von der aus ein unbefestigter Weg zum Superstition Mountain führte, und jemand aus der Nachbarschaft meldete, dass er am Sonntagmorgen drei Personen gesehen hatte, die zum Berg aufgebrochen waren. Rasch wurde ein Suchtrupp organisiert und zwei Tage lang durchkämmten Polizisten und Freiwillige den Berg und suchten die drei Schatzjäger. Zu Jacks großer Zufriedenheit wurde sogar ein Hubschrauber eingesetzt.

Delilah und die Jungen waren heilfroh, weil sie es für sich behalten konnten, dass sie die Schatzjäger auf dem Berg gesehen hatten. Doch je länger die Suche dauerte, desto mehr fürchteten sie, dass die drei bei der Explosion und dem Felssturz verletzt worden oder ums Leben gekommen waren – jedenfalls bis weitere verdächtige Einzelheiten ans Licht kamen. In Officer Myers Haus wurden Hinweise auf Dynamit gefunden und in Julia Thomas' Wohnung deutete alles auf einen überstürzten Aufbruch hin. Und was noch viel wichtiger war, die Polizei stellte fest, dass Sara Delgado ebenfalls verschwunden war sowie auch verschiedene Gegenstände aus dem Haus der Delgados. Daraufhin wurde die Suche abgebrochen und eine Fahndung wegen mutmaßlicher strafbarer Handlungen von dreier bedeutender Bürger der Stadt eingeleitet.

Nach endlosen Diskussionen – in denen Simon sorgfältig das Für und Wider abwog, Henry in moralischer

Ungewissheit wankte und Jack immer entschiedener fürs Handeln eintrat, ungeachtet der Konsequenzen – hatten die Jungen beschlossen, ihre Eltern in eine ihrer größten Entdeckungen aus ihren Stöbereien in Onkel Hanks Schreibtisch einzuweihen: die Existenz von Prita. Etwas Besseres fiel ihnen nicht ein, um die Erlaubnis zu bekommen, noch einmal zum Friedhof gehen und die Barker-Grabstelle ausheben zu dürfen.

»Was?«, hatte Mrs Barker gerufen, als sie ihr von Prita erzählten. »Er hatte eine Freundin? Eine richtig feste Freundin? Das höre ich zum ersten Mal und ich muss euch sagen, das passt überhaupt nicht zu seinem … Ruf.«

»Nicht bloß eine Freundin«, hatte Henry sie berichtigt. »Eine große Liebe.«

»Der alte Halunke, sag bloß«, hatte Mr Barker gelacht. »Und ohne irgendjemandem je davon zu erzählen. Aber das glaube ich sofort. Onkel Hank war immer fürs Große zu haben. Große Abenteuer, große Liebe.«

»Ich würde sie jedenfalls wirklich gern kennenlernen«, fügte ihre Mutter hinzu. »Wir können sie doch mal zum Abendessen einladen.«

»Das wird toll.« Mr Barker rieb sich die Hände, genau wie Simon es oft tat. »Erst Kathy, die hier herzieht und Emmett heiratet, und jetzt diese Prita – da haben wir ja in Arizona bald mehr Verwandtschaft als früher in Illinois.«

Henry lächelte, weil ihm klar wurde, dass er zwar seinen alten Onkel Hank verloren hatte, aber erstaunlicherweise bald einen neuen Onkel haben würde, Emmett. Und er überlegte, ob er ihn, im Gegensatz zu Simon, vielleicht wirklich Onkel Emmett nennen sollte.

Mr Barker fuhr begeistert fort: »Ich kann's kaum erwarten, wer noch alles auftaucht! Vielleicht hatte der gute Onkel Hank ja noch ein Kind oder zwei, von denen wir nie was wussten.«

Mrs Barker warf ihm einen missbilligenden Blick zu. »Jim«, sagte sie streng. »Und selbst wenn, dann wären sie älter als du.«

»Ich weiß! Wäre das nicht interessant?«

»Also eigentlich«, mischte Simon sich ein, »möchten wir, dass ihr Prita bald kennenlernt. Zum Beispiel morgen.«

»Morgen?« Mrs Barker zog ihre Augenbrauen hoch. »Was passiert denn morgen?«

Und so brachten sie das Gespräch allmählich auf ihren Besuch bei Prita und den Brief, den Onkel Hank ihr für Henry dagelassen hatte, und ihre Entdeckung, dass es sich bei dem Barker-Grabmal auf dem Friedhof um eine Grabstelle handelte, die Onkel Hank gehört hatte und an der vielleicht etwas vergraben war, das er den Jungen hatte zukommen lassen wollen.

»Nun mal sachte«, sagte Mr Barker. »Wir können nicht einfach losziehen und ein Grab öffnen, ohne dafür eine Erlaubnis vom Friedhof zu haben. Und die dürfte man schwer bekommen, wo Richard Delgado sich aus der Stadt abgesetzt hat.«

Simon und Henry wechselten einen Blick.

»Wir können euch die Friedhofsakten zeigen«, sagte Simon. »Dann könnt ihr sehen, dass ihm die Stelle gehört hat – und heißt das nicht, dass wir sie zusammen mit seinen anderen Sachen geerbt haben? Wieso hat er sonst den Namen Barker auf den Grabstein setzen lassen? Das wäre doch sinnlos. Es ist unser Name, nicht seiner, und außerdem hat er sich einäschern lassen.«

»Zugegeben, das ist merkwürdig«, sagte Mr Barker. »Aber was in aller Welt, glaubt ihr denn, hat er auf dem Friedhof vergraben? In seinem Testament stand jedenfalls nichts davon.«

»Aber er hat diesen Brief für mich hinterlassen, Dad«, sagte Henry. »Dort gibt es irgendetwas, von dem er gewollt hat, dass wir es finden.«

An dieser Stelle hatte Mr Barker kapituliert und tapfer einige Stunden beim Anwalt und auf der Polizei zugebracht, um schließlich die benötigte Erlaubnis zu bekommen, das Grab zu öffnen, wo, wie sich herausstellte, nach Aktenlage niemand begraben worden war.

Und nun standen sie trotz Mrs Barkers Einwänden alle hier vor dem Barker-Grabmal versammelt, zusammen mit Tante Kathy und Emmett, und Prita stand schüchtern neben Mrs Barker, die immer wieder freundlich mit ihr plauderte.

»Nun grabt schon, los!«, rief Jack und hüpfte auf der Stelle.

»Beruhige dich, Jack«, tadelte ihn Mrs Barker mit einem Seitenblick zu Prita. »Ich glaube, du solltest dir nicht zu viel Hoffnung machen.«

»Ihr Jungs wisst hoffentlich zu schätzen, welche Mühen es mich gekostet hat, diese Erlaubnis zu bekommen«, sagte Mr Barker. »Ich musste mit sechs verschiedenen Leuten reden.«

»Das tun wir, Dad!«, riefen sie im Chor.

Also machten sich Emmett und Mr Barker ans Graben, stießen ihre Spaten in die harte Erde und häuften sie neben der Grabstelle an. Henry setzte sich auf den Boden, das Kinn in die Hände gestützt, und sah zu. Er hatte Onkel Hanks Brief mit zum Friedhof genommen und hielt ihn jetzt in der Faust wie einen Glücksbringer. Würde dort unten irgendetwas sein? Er dachte an das Buch *Die Schatzinsel* mit seinen Piraten, die nach Schätzen gruben, und an *Huckleberry Finn* mit Huck, der Geld in einem Sarg versteckte, damit es niemand fand. Was hatte Onkel Hank ihm wohl vererbt? Außer seinem Namen.

Währenddessen unterhielten sich Mrs Barker und Tante Kathy mit Prita und stellten ihr alle möglichen Fragen, auf die sie zögernd, aber offenbar mit nachsichtiger Belustigung antwortete.

»Ich finde das einfach total romantisch!«, sagte Tante Kathy gerade. »Ihr habt euch Liebesbriefe geschrieben! So was macht heute niemand mehr. Es kann ja nicht einmal mehr jemand Schreibschrift. Wir haben Textnachrichten und E-Mails, aber niemand macht sich mehr die Mühe, etwas ausführlich zu Papier zu bringen. Und er hat Ihre Briefe die ganze Zeit aufgehoben.«

Prita lächelte nur und nickte.

»Wir sind sehr froh, Sie gefunden zu haben«, fügte Mrs Barker hinzu. »Und ich hoffe, Sie kommen noch mit zum Abendessen zu uns. Ich würde Sie wirklich gern näher kennenlernen, besonders wo Sie Onkel Hank doch so wichtig gewesen sind.«

»Gern«, sagte Prita. »Ich möchte euch auch gern näher kennenlernen. Er hat so oft von euch gesprochen und ich sehe ihn in Ihrem Mann.« Sie zögerte. »Und in den Jungen.« Ihr Blick ruhte auf Henry und er sah sie an und lächelte.

Ihm wurde plötzlich klar, dass der Friedhof nicht der Schlusspunkt des Lebens war. Wie denn auch. Das Leben ging immer weiter, in Briefen und Schreibtischen und vererbten Häusern, in Liebe, die fortdauerte, in den winzigen rätselhaften Partikeln von genetischem Material, das durch Onkel Hank und Mr Barker strömte und nun auch durch ihn, Henry. Onkel Hank war nicht fort. Er war immer noch da, in ihnen allen, auf ganz verschiedene Weise.

»He!«, sagte Mr Barker. »Ich bin auf etwas gestoßen.«

Emmett und er nahmen das Ausgraben jetzt ernster und schaufelten mit neuem Schwung. Delilah setzte sich im Schneidersitz neben Henry. Ihre Augen funkelten vor Aufregung. »Meinst du, er ist hier vergraben?«, flüsterte sie. »Der Totenschatz von Jacob Waltz?«

Henry sah sie an und sein Herz war voll. Er konnte es schlecht erklären, aber irgendwie war es ihm fast egal, ob sie das Gold fanden. Onkel Hank hatte ihm bereits so viel gegeben. Er seufzte. Die erste Schulwoche nahte und ihre Ferien der fantastischen Abenteuer waren bald zu Ende. Doch hier war Delilah, seine Freundin Delilah, und sie würden demnächst in dieselbe Klasse gehen.

»Hm«, machte Emmett. »Es ist irgendeine Art Kiste.«

Eine Kerzenkiste vielleicht?

»Fass mal mit an«, sagte Mr Barker.

Sie bückten sich, hoben die Kiste aus der Grube und stellten sie ins Gras. Das Holz war splitterig und Erdklumpen hingen daran. Als Emmett sie abwischte, kamen ausgeblichene Farbreste zum Vorschein. Henry ging auf die Knie und beugte sich vor, um einen besseren Blick zu bekommen.

»Ist es das, worauf ihr gewartet habt?«, fragte Mr Barker die Jungen. »Was meint ihr, was da drin ist?«

Prita entfernte sich von Mrs Barker und Tante Kathy und trat an den Rand der Grube. »Macht sie auf«, sagte sie leise.

Mr Barker sah sie neugierig an. »Bereit?«

Langsam hob er den Deckel an.

Henry fiel fast in die Grube. Delilah keuchte auf. Simon rang staunend die Hände und Jack stieß einen Jubelschrei aus, der bestimmt bis in die Stadtmitte zu hören war.

Dort in der Kiste lag ein Haufen GOLD, der glänzte und glitzerte und funkelte – mehr Goldnuggets, als Henry in seinem ganzen Leben je gesehen hatte. Sie waren so unterschiedlich wie Kiesel oder Schneeflocken oder

Popcornstückchen und alle glitzerten und gleißten sie im Sonnenlicht.

Pritas ruhiges, faltiges Gesicht brach langsam in ein Lächeln aus. »Dann hat Hank ihn also doch gefunden«, sagte sie zufrieden. »Den Totenschatz von Jacob Waltz.«

Emmett lachte voller Staunen. »Sie meinen, den gibt es wirklich? Ich dachte, das wäre nur eine Legende!«

Mr Barker ging neben der Kerzenkiste in die Hocke und ließ die Nuggets durch seine Finger rieseln. »Unglaublich.« Er schüttelte den Kopf. »Ist es echt?«

»Es sieht jedenfalls echt aus … Schaut nur, wie es glänzt«, hauchte Tante Kathy.

»Was in aller Welt hat das zu bedeuten?«, rief Mrs Barker. »Wem gehört das Gold?«

»Ihnen«, sagte Prita. »Ihrer ganzen Familie, aber vor allem den Jungen. Sie sollten es von ihm erben.«

»Aber was ist mit Ihnen?«, fragte Delilah. »Hat er Ihnen denn nichts vererbt?«

Prita lächelte sie an. »Aber ja, Kind. Viel mehr, als du denkst. Das Gold ist nicht für mich. Es war das Einzige, was zwischen uns stand, und daran, dass er mir verschwieg, dass er es gefunden hatte, kannst du sehen, wie gut er auf mich aufgepasst hat. Das Gold ist für die Jungen.«

Und Henry, der während dieser ganzen Entdeckung sprachlos gewesen war, ging zurück auf die Fersen, öffnete die Faust und faltete den Brief von Onkel Hank im Gras neben seinen Knien auseinander.

Delilah lehnte sich herüber und las ihn ebenfalls noch mal. Ihre Schulter berührte beinahe, aber nicht ganz seine Schulter.

*Lieber Henry,*
*Dein Name ist mein Name. Er wird den Tod überdauern – so wie sich ein Ort um den Tod drehen und ihn zugleich überdauern kann. Wenn Du daran glaubst, dann weißt Du, wo Du etwas finden kannst, das ich für Deine Brüder und Dich hinterlassen habe.*
*Lebe gut, Henry.*
*Dein Dich liebender Onkel Hank*

*Mein Name ist sein Name*, dachte Henry. *Ich bin sein Namensvetter.* Und auf einmal wurde ihm klar, dass das Wort »Erbe« in zwei Richtungen zeigte, zurück in die

Vergangenheit und nach vorn in die Zukunft. Und die Verbindung zwischen der Vergangenheit und der Zukunft war er, Henry.

Er hob den Blick zu den schattigen Klüften des Superstition Mountain, der hinter dem Friedhof aufstieg. Er dachte an all das, was sie dort gefunden hatten, nicht nur den Canyon und die Schädel, die Satteltaschen und die Münzen und die Karte, ja nicht einmal die geheime Holländermine und das Gold – sondern was er in sich selbst gefunden hatte, tief in seinem Inneren, ohne zu wissen, dass es überhaupt existierte … Abenteuerdurst, Mut und die Bereitschaft, Risiken einzugehen, wenn ihm etwas oder jemand wichtiger war als er selbst. Der Berg, der ihm so furchterregend vorgekommen war, hatte ihm gezeigt, was in ihm steckte.

Er las noch einmal den letzten Satz des Briefes.

*Lebe gut, Henry.*

Und dort unter der sengenden Sonne, mitten in der Wüste, im Schatten des gewaltigen, seltsamen, unvergesslichen Berges, wurde Henry klar, was Onkel Hanks Worte bedeuteten, und der gute Wunsch verwandelte sich erst in eine Aufforderung und dann in ein Versprechen.

*Das werde ich*, dachte Henry.

*Das werde ich*.

# ANMERKUNG DER AUTORIN

Es ist ein seltsames Gefühl, die letzte Anmerkung für die Barker-Boys-Trilogie zu schreiben. Es gäbe immer noch so viel zu erzählen über den seltsamen Superstition Mountain.

Während Superstition eine imaginäre Stadt ist und die modernen Figuren der Handlung allesamt fiktiv, sind sämtliche historischen Figuren echt oder beruhen auf Tatsachen. Die Details der Berglandschaft sind absolut wirklichkeitsgetreu dargestellt und der im Buch beschriebene Donnergott gehört tatsächlich zu den Glaubensvorstellungen der Apachen. Den Apachen zufolge beschützt der Donnergott den Superstition Mountain und sein Gold; sie glauben daran, dass er den Menschen, die in die Bergwelt eindringen, zürnt und dass es seine Macht ist, die denjenigen, die dort nach Gold suchen, ein so schreckliches Ende bereitet.

Kentee, das junge Apachenmädchen, das Jacob

Waltz Ende des 19. Jahrhunderts angeblich zum Gold des Berges geführt hat, ist eine bekannte Gestalt der örtlichen Sagenwelt. Es ist unklar, ob sie wirklich gelebt hat. Der Legende zufolge wurde ihr die Zunge abgeschnitten, als ihr Stamm herausfand, dass sie Waltz verraten hatte, wo das Gold zu finden war.

Auch um den »Totenschatz von Jacob Waltz« ranken sich Legenden. Die bekannteste Version der Geschichte geht so: Während Jacob Waltz langsam an einer Lungenentzündung dahinsiechte, die er sich während einer Sturzflut zugezogen hatte, erzählte er Julia Thomas, der Nachbarin, die ihn pflegte, von einer Kerzenkiste, die er unter seinem Bett aufbewahrte. An dem Tag, als er starb und sie einen Arzt holen ging, drangen zwei Männer in das Haus ein und stahlen den sogenannten Totenschatz. Für viele Jahre war die berühmte Kerzenkiste voller Gold der Gegenstand umfassender Spekulationen und Erkundungen.

Der Superstition Mountain bleibt eine gefährliche Gegend, in der Besucher mit Vorsicht wandern sollten. Die Sheriffbüros von Pinal und Maricopa County schicken rund dreißig Mal pro Jahr Such- und Rettungstrupps in die Berge, um vermisste Personen zu bergen. Seit 2009 haben sich in den Bergen mindestens sieben Todesfälle und ein spurloses Verschwinden ereignet. Zumeist handelt es sich bei den Opfern um schlecht vorbereitete Wanderer oder Schatzjäger auf der Suche nach der geheimen Holländermine.

Falls ihr einmal nach Arizona kommt und diese seltsame und faszinierende Gegend besuchen möchtet, seid bitte vorsichtig! Stellt sicher, dass euch ein Erwachsener begleitet, bereitet euren Ausflug gründlich vor, nehmt reichlich Wasser und Sonnenschutz mit und *bleibt auf dem Weg.* Es ist die Strapazen wert. Rund um die Superstition Mountains mit ihrer reichhaltigen Geschichte und Folklore vernimmt man den verlockenden Ruf der Grenze: Hier prallen Kulturen aufeinander und vermischen sich, hier wird das menschliche Durchhaltevermögen unter härtesten Bedingungen immer wieder auf die Probe gestellt, hier warten unermessliche Reichtümer. Nach dem Schreiben dieser Trilogie empfinde ich dasselbe wie Henry während seiner letzten Besteigung des Berges: Die Superstition Mountains sind ein Teil von mir geworden.

# DANKSAGUNG

*Eine Serie ist ein viel größeres, viel komplizierteres Projekt als ein Einzelroman und entsprechend bin ich auch weit umfassender zu Dank verpflichtet. Ich danke den folgenden Menschen aus tiefstem Herzen für ihre Hilfe beim Verfassen des vorliegenden Abschlussbands der Barker-Boys-Trilogie:*

Meiner wunderbaren Lektorin und Freundin Christy Ottaviano, deren Neugierde und warmherzige Ermutigung mir viele literarische Entwicklungssprünge ermöglicht haben – in diesem Fall hat sie mich dazu gebracht, eine Serie zu schreiben, was ich mir anderenfalls vielleicht nie zugetraut hätte.

Meinem erstklassigen Agenten Edward Necarsulmer IV, der immer für mich eintritt und der mir hilft, die Balance zwischen der geschäftlichen und der künstlerischen Seite des Schreibens zu halten.

Den engagierten Lektorats-, Design-, Marketing- und Vertriebsabteilungen bei Holt, die Unglaubliches geleistet haben, um meine Bücher beim Publikum bekannt zu machen.

Meinem Freundeskreis von Autorinnen und Autoren – wunderbare Gesellschaft in einem sonst so einsamen Geschäft: Nora Baskin, Jane Burns, Jane Kamensky, Jill Lepore, Bennett Madison, Natalie Standiford, Chris Tebbetts und Ellen Wittlinger.

Meinen fantastischen Testleserinnen, die meine Bücher mit ihrem Verständnis, ihren Fragen und Vorschlägen so sehr verbessert haben: Mary Broach, Jane Burns, Claire Carlson, Laura Forte, Jane Kamensky, Carol Sheriff und Zoe Wheeler. Besonderer Dank gebührt meinen jüngeren Testlesern Anna und Ben Daileader Sheriff für ihre hilfreichen Kommentare zur ersten Fassung dieses Buches.

Und zu guter Letzt bin ich am meisten meiner Familie – Ward, Zoe, Harry und Grace – zu Dank verpflichtet, weil sie auf vielfältige Weise zu meinen Büchern, meinem Schreiben und meinem Leben als Schriftstellerin beiträgt.

MIX
Papier aus verantwortungsvollen Quellen
FSC® C014496
www.fsc.org

1. Auflage 2015

Originalverlag: Henry Holt and Company, LLC, New York
Originaltitel: Treasure on Superstition Mountain
Umschlagbild & Illustrationen: Constanze Spengler
Aus dem Englischen von Frank Böhmert
Umschlagtypografie: Karin Kröll
Lektorat: Svenja Drewes
Lithografie: Margit Dittes Media, Hamburg
Satz aus der Baskerville MT Std und der Disintegration
bei Pinkuin Satz und Datentechnik, Berlin
Druck und Bindung: GGP Media GmbH, Pößneck
Printed in Germany
ISBN 978-3-8489-2011-2

**www.aladin-verlag.de**